# 人生清除公司

跡を消す

特殊清掃専門会社

デッドモーニング

前川譽

まえかわ　ほまれ

王華懋——譯

目錄

尚未開門，周圍便已彌漫著強烈的死亡氣息。從門縫間滲透而出的臭味，拒絕著所有意圖踏進室內的人。那股惡臭立刻汙染了肺部，催人欲吐，逐漸麻痺了正常的思考。

「好，進去吧！」

門板發出刺耳的聲響開啟了。探頭窺看陰暗的室內，提心吊膽地跨出一步。變得更加濃烈的惡臭，將直到幾天前還存在的某人的生活徹底掩藏起來。跨出去的每一步都沉重無比，宛如在泥沼中掙扎前行。狹窄的短廊上，黑色生物四處飛舞，僅留下殘像在視野各處劃出弧線。

下一秒，**那東西**唐突地躍入眼簾。

就在散布著生活痕跡的房間一隅，墊被上貼著一條黑色的人影……

# 第一章

# 藍色星期一

身上的喪服隱約散發出線香的氣味。旁邊座位沒有人，車廂內乘客也不多，應該不至於惹人蹙眉，但這絕對不是什麼宜人的氣味。

聽到抵達東京車站的廣播，我慢慢地起身。背包裡裝了母親硬塞進去的調理包和蔬果汁，莫名地沉重，背帶卡進肩膀肉裡。

這種東西，明明到處都有得買。

我以沒人聽得見的音量輕嘖了一聲，走向下車門。

夜風帶著讓毛細孔收縮的寒意。或許差不多該搬出冬季衣物了。

我決定去租個片來熬過今晚。租一直想看的活屍片和A片，一路播到睡意襲來好了。雖然覺得參加完喪禮的日子看活屍片不太莊重，但也想不到其他想看的片。

今天TSUTAYA顧收銀的是個冷漠的男店員，租起A片比較沒那麼尷尬。我立刻穿過店內成人區的布簾，態度宛如光顧常去的居酒屋。

看到四片一千圓的優惠，我拿了三支活屍電影和一支A片，前往收銀台。付錢的時候鼻頭又嗅到線香的味道，但不知不覺間已經開始習慣了。

回家的路上，我臨時起意，想要喝個一杯再回去。去居酒屋坐一坐，邊喝啤酒邊緬懷過世的阿嬤也不錯。

我開始物色適合的地方。因為是這樣的日子，我想要在不是太吵的地方喝酒。

還住在老家的時候，我只會跟阿嬤討零用錢。我應該從來沒有送什麼東西給阿嬤過。起碼也該緬懷一下阿嬤，沉浸在感傷中乾個一杯，否則今晚實在無法暢快地觀賞活屍電影跟A片。

眼角瞥著大馬路上的車水馬龍，尋思要去哪家店好，想起有家從以前就一直很好奇的店。

是不久前偶然發現的小館子。價位應該不低，但只喝一杯啤酒，應該還不至於對荷包造成重創。再說，今天我穿著喪服，而不是平時那身髒連帽T和破牛仔褲。

我解開黑領帶，轉身走了出去。

我回溯著忘了是何時看到的記憶，在街上徬徨行走了幾分鐘。終於找到那家小館子，短簾上印著「花瓶」兩個字。店名古色古香，予人纖細高雅的印象。入口拉門旁低調地亮著一盞竹製燈具，擱著一只盛著潔白鹽巴的小皿[1]。

再次檢查錢包，裡面只有一張五千圓鈔票。

這麼精緻的店，沒辦法三天兩頭就來坐呢。

打開拉門，一串輕盈的「喀啦啦」聲後，撩撥食慾的燉煮香氣鑽進鼻腔裡。

店內空間小巧，除了吧台座以外，只有三張四人座桌位。沒有播放音樂，只依稀聽見鍋子滾沸的聲音。

「歡迎光臨。」

吧台裡一名穿日式圍裙的女子招呼說。是個年約三十出頭的美女，鼻梁高挺，相貌清新。

「一個人。」

「請隨意坐。」

吧台有個黑西裝男子正在獨酌，沒有其他客人。男子的身影完全融入這家店，或許是熟客。我在與男子相隔三個座位的吧台座坐下來。

「請問要喝什麼？」

女子在吧台裡微笑問，以調理筷將幾樣小菜盛入小鉢。

「啤酒。」

「我們只有瓶裝啤酒，可以嗎？」

「可以。」

啤酒上桌前，我低調地觀察店內。牆上等間隔貼著菜單，就像七夕掛在竹枝上的許願紙條。價格比想像中的更便宜，品項也很豐富。

吧台最角落放了一只淡藍色花瓶，插著一枝我不認得的花。

「來，請用。」

女子拿啤酒瓶做出倒酒的動作，我將接過來的杯子客氣地遞過去。

1. 日本餐飲店有在玄關放置鹽巴的習俗，據信可以驅邪，並以此祈禱生意興隆。

「您是第一次光臨對嗎？」
「是的。以前經過這附近的時候偶然發現這家店，一直想來看看。」
「這樣啊，真榮幸。請慢坐。」
杯子逐漸被通透的金黃色液體所填滿。看著看著，喉嚨深處一下子渴了起來。附上的小菜是我喜歡的燉芋頭。喝一口啤酒，再用小菜，芋頭徹底入味，非常美味。一口氣喝光啤酒後，我想起我完全沒在緬懷阿嬤。
阿嬤，對不起，我很少上這種精緻的小館子，緊張到無法思考了。妳在另一個世界也要過得開心喔！
我在內心辯解之後，自己斟了第二杯啤酒。
「欸，那是喪服嗎？」
我正想從口袋裡掏出手機，旁邊的男子開口了。男子散漫的目光盯著我的胸口一帶。
「對。今天是我阿嬤的喪禮。」
我反射性地回答後，擔心可能會觸怒對方。因為我覺得穿喪服進居酒屋似乎很沒常識。
男子聽到我的回答，也沒說什麼。我覺得他是在默默地責備我沒常識，漸漸感到如坐針氈起來。
「跟我一樣。」

男子淡淡地笑道，將自己的酒杯送至口邊。我驚訝地睜圓了眼睛。確實，男子的衣物全身都是深黑色，領帶也是黑的。

「你去參加喪禮嗎？」

「不是。我都穿著喪服過日子，所以今天也穿喪服罷了。」

我不知道他是認真的還是在開玩笑，只是客套地笑了笑。

「我請你，算是給你阿嬤祈福吧。可以陪我喝幾杯嗎？」

男子搔著凌亂的頭髮說。髮梢鬈翹得很厲害，是燙過還是自然鬈？

「阿笹，不要騷擾年輕人好嗎？人家當然想要一個人靜靜地喝。」

女子在吧台裡一臉受不了地說。就像女子說的，老實說，應付陌生人讓人心煩。我原本就打算只喝一杯，而且放在旁邊椅子的袋子裡，還有活屍電影和A片等著我回家享受。

「怎麼會呢？世上最好喝的酒，莫過於別人請的酒。」

對方都這麼說了，我只能點頭。儘管內心嫌麻煩，但還是拎著自己的啤酒瓶，移動到男子旁邊的座位。

在近處一看，男子意外地年輕。大概只有三十出頭，怎麼看都不像快四十。

「小悅，再給我日本酒和醋醃青花魚。你的啤酒還有嗎？」

「還有，沒關係。」

男子明明邀我一起喝，卻一下子陷入沉默，以緩慢的動作吞雲吐霧起來。儘管覺得莫名其妙，但我還是試著攀談：

「那個，我身上沒有撒淨身的鹽，不知道有沒有關係？」

「啊，那個沒撒也沒關係啦。參加完喪禮後撒鹽的習俗，是源自於把死亡視為汙穢、必須用鹽巴來淨身的觀念。但死亡才不是什麼汙穢，而是任何人遲早都得面對的、天經地義的現象。」

男子啜飲著酒，灑脫地又接著說：

「要撒鹽巴的東西，西瓜和天婦羅就夠多了。」

雖然不知道這番話是真是假，但他的表情似乎並未因此感到不愉快，我放下心來。仔細想想，他自己也穿著喪服，沒資格對別人生氣。

點的日本酒送來時，男子以熟練的動作向女子遞出小酒盞，讓她斟酒。

「小悅很漂亮對吧？悅子這名字太適合她了，真是人如其名。」

女子似乎名叫悅子。她或許是習慣男子的輕口薄舌了，只是露出傻眼的表情。

「那，為你的阿嬤獻杯，祈禱她可以順利前往西方極樂世界。」

「獻杯？」

「憑弔故人，表示敬意的意思。獻杯不會高舉酒杯，也不會互碰杯子。」

我模仿男子的動作，輕輕拿起杯子，試著想起生前的阿嬤，然而腦中浮現的只有遺照上的臉。

「對了，你叫什麼？」

「我叫淺井航。」

「幸會。我叫笹川。」

笹川眼角下垂，或許是這個緣故，相貌看起來相當溫厚。

「笹川先生常來這家店嗎？」

「是啊，幾乎天天來吧。我是在監視，免得有奇怪的客人上門。」

在吧台裡忙碌的悅子小姐露出苦笑：「又在胡說八道。」我灌了口啤酒，把「最煩人的客人就是你吧」這句話一起吞進肚子裡。

「你說你每天穿喪服，這是真的嗎？哪像我，光是打上好久沒打的領帶，就覺得渾身不對勁。」

「是真的。簡而言之，是習慣問題。凡事只要變成習慣，就沒什麼大不了的。」

「難道笹川先生是禮儀社的人？」

「不是。我做的是清潔業。」

聽到清潔業，我感到意外。我從來沒有看過每天穿喪服的清潔員。

「是喔？你說清潔業，是清理回收街上的垃圾那些嗎？」

「有點不一樣，不過清潔整理這一點應該一樣吧。喔，我的事不重要，你是學生嗎？」

這個問題很刺耳。如果我說我靠打工餬口，或許他會把我和時下不務正業的年輕人歸為一類。但我又豁出去想，反正我跟這個人只是萍水相逢，何必在乎他怎麼想？

「我是打工族，只靠打工過生活。每天都過得好輕鬆好自在，快樂似神仙。」

「是喔？我以前也有過一段這樣的日子。真的沒錢的時候，就跑去百貨公司靠試吃充飢，窮途末路的時候，還去拔路邊不知名的雜草煮來吃。那真是我這輩子吃過最難吃的東西。」

笹川開始說起他經歷過的一些奇特吃苦經驗。我邊喝啤酒，邊敷衍地點頭。再也沒有比聽陌生人吹噓當年怎樣苦哈哈更無聊的事了。

「你老家在附近嗎？」

「不是，在東北鄉下。」

「真好，說到東北，那裡的米很好吃對吧？而且還有罕見的當地酒。」

「我的故鄉在沿海，雖然也有農地，但最興盛的還是漁業。不過也只有這樣而已，那裡真的無聊斃了，沒有電子遊樂場、沒有電影院，也沒有時尚的購物中心，沒有未來。每個角落都被海風吹到生鏽。」

腦中浮現故鄉的小商店街。拉下鐵門的店鋪櫛比鱗次，晚上七點過後，連隻野貓都看不見。

「路上隨便都可以看到牛在走。海風的味道也很嗆，衣服還跟魚乾晾在一起，跟東京是天差地遠。」

「咦，別有風情，不是很棒嗎？」

「那是因為你沒住過，才能說得這麼悠哉。不管往哪裡看，都只有混濁的大海。」

「我想在那種地方，聽著海浪聲，靜靜地消磨時間。」

「與其說是安靜……那裡就像是用無聊壓縮而成的地方。我從小就一直很想逃離那裡，所以先搬來東京再說。」

先怎麼樣再說——這種話我說過多少次了？我的人生就像是用一連串的「再說」堆積而成的。

「是喔？所以你不是有什麼目標才跑來東京的？」

「對。一開始我以為只要住在東京，很快就會找到想做的事……不過最近開始覺得這樣也很好。因為那種熱情地談論自己的夢想什麼的人，不是很冷嗎？差不多就好了嘛。想喝酒的時候，可以跟朋友一起喝酒大笑，這樣不就夠了？說穿了，人就算沒什麼了不起的夢想或希望，還是可以活下去啊。就像水母一樣。」

「水母？」

笹川以沉靜的聲音反問。我是開始醉了嗎？雖然覺得有點太多話了，卻還是克制不住地說下去。

「我的目標，是過著像故鄉的海裡漂浮的水母那樣的生活。什麼都不想，只是在都市裡浮游。我覺得這樣的人生也不賴。」

「你的話很有意思。」

笹川笑道，將小酒盞送到口邊。我原本篤定他一定會訓示些什麼「人應該要有夢想」、「現在的年輕人真不像話」，所以有點落空。

「對人生過度的期待，百害而無一利嘛。」

我微微俯著頭，輕輕搖晃酒杯。這話是我在雜誌瞥到的影像創作者的話。我覺得很帥，一直記在腦中，準備有機會可以拿出來現。

「確實，沒有期待，就沒有失望。沒有過度的期望，就不會有慘痛的絕望。」

「沒錯沒錯，就是這樣。」

笹川同意的態度讓我十分意外。或許每個人的生活，或多或少都受到夢想和希望的阻礙。

「不過淺井，你說話沒有地方腔呢。」

聽到笹川這話，我得意地說：

「我還在故鄉的時候，腔調很重。我在來東京以前，就每天練習標準話，免得被人瞧不起。我都用這個練習。」

我從喪服的口袋取出總是隨身攜帶的物品。只有手掌大小，表面是銀色的，有許多醒目的刮痕。

「那是什麼？」

「有合成語音的電子辭典。可以輸入兩百字以內的句子，它會用標準話唸出來。比如說……」

我在電子辭典輸入『啤酒真好喝』，按下按鍵，如廣播員的聲音便讀出這個句子。

「咦，這個好厲害，就像真人在說話。」

「對吧？這好像是需要說話的行業，像是廣播員或配音員常用的辭典……像我這種拿來矯正方言的人應該不多吧。」

「不過，你應該已經不需要它了吧？」

「因為我一直隨身攜帶，如果口袋裡沒有它，就會覺得怪怪的。唔，就類似手機的感覺吧。現在我無聊的時候也常拿出來玩。」

「借我一下。」

笹川從我手中接過電子辭典，輸入文字，按下朗讀鍵。

『你過世的阿嬤對你好嗎？』

熟悉的合成語音傳入耳中。我又試著想起阿嬤的臉，腦中卻依然只浮現遺照的表情。

「我們小時候住在一起。那是我祖母，跟我媽感情不太好，這幾年愈來愈疏遠……我應該多關心她一下的。」

我在撒謊。直到接到阿嬤的死訊前，我壓根就沒有想起過她，一直覺得她一定在哪裡自己過得好好的。

「唔，家人相處總是有許多難處嘛。」

「阿嬤本來住在東北，但最後一個人獨居。她很頑固，好像不喜歡給別人照顧。所以發現的時候，人已經死了六天了……」

我喝了口不再冰涼的啤酒。阿嬤的喪禮非常低調，只有親人參加。也許是因為腐敗嚴重，棺木沒有打開，直到最後都無法見她一面。在木魚聲迴響的室內，遺照裡比記憶中更年輕一點的阿嬤，維持著那一號表情，不斷地微笑著。

「既然都辦了喪禮，你的阿嬤應該也已經上天堂了吧。」

「可是……怎麼說……我怪怪的。不管再怎麼努力去想……就是想不起來阿嬤生前長什麼樣子。」

「你阿嬤過世帶來的打擊，讓你現在暫時想不起來罷了。」

笹川淡泊地說，我卻靜靜地搖頭否定：

「老實說，我不知道我應該要怎麼想才對。不知道為什麼，我就是無法對自己坦白……」

「人的感情就像纏繞成一團的線，非常複雜，不是那麼簡單就能釐清的。」

「或許是吧……還是即使勉強自己，也應該要裝出悲傷的樣子，然後就會真的感到傷心？」

笹川沒有回話。從他口中吁出來的煙就像漫畫話框一樣擴大，裡面卻看不到半個文字。

離開花瓶時，我只猛烈地覺得想吐。

都怪我不該得意忘形，在笹川勸酒下，喝了不習慣的日本酒。太陽穴的動脈感覺都快炸開了。

「你還好嗎？不該叫你喝日本酒的嗎？」

笹川明明喝得比我快，看起來卻像個沒事人。

「都是阿笹一直灌人家酒啦。淺井，要不要幫你叫計程車？」

悅子小姐也擔心地說。我擠出最後的力氣，微弱地揮揮手。

「我就住這附近……」

「你真的沒事嗎？我叫阿笹送你到半路。」

「我沒事……我一個人可以。」

我就像要甩開兩人，微微行禮，走了出去。我以為在往前走，人卻東倒西歪。明明喝了那麼多酒，喉嚨卻渴極了。

「好想吐……」

我到底在幹嘛？其實我今天應該留在老家過夜，而不是大老遠跑回東京的。那樣的話，我應該會和家人親戚一起享用壽司和酒，現在躺在暖和的被窩裡才對。可是我做不到。每當看到阿嬤的遺照，從來不曾去關心她的事實便沉重地壓在身上，讓我實在是坐立難安。人總有一天會死。不管是富人、窮人、美女、醜八怪、努力逐夢的人、醉生夢死的人，都一定會死。明明只是理所當然地迎接了理所當然的結局，卻有種混濁的感情堆積在內心深處。想著這些，我突然一陣欲嘔，踉蹌地抓住附近的護欄。

「喂～！淺井～！」

背後傳來拉長的叫聲，我緩慢地回過頭去。笹川正在稍遠處大大地揮著手。定睛一看，他手中提著裝出租片的塑膠袋。

「還以為追丟了。」

笹川追上來，遞出袋子。他看到裡面的片子了嗎？如果他知道剛才還那樣對阿嬤的死大發議論的傢伙，居然租了活屍電影和A片，一定會輕蔑我。

「謝謝你特地拿來……」

就在我接過袋子的瞬間，一股酸味從喉嚨深處猛地直衝而上。胃部痙攣，讓我連站都站不住。我甚至來不及摀住嘴巴，已經「哇」一聲吐出來了。

「還好嗎？」

笹川撫摸我的背，我立刻又吐了第二次。視野糊成一片，喉嚨熱辣辣的。

「吐個痛快吧，這樣比較好。」

就像被笹川的話所觸發，嘔吐感第三次席捲上來。

即使好不容易抬起頭來，從胃部深處湧上來的不適感仍然沒有消退。

「不好意思……」

「都怪我不該那樣灌你酒。不過你的臉都白了耶。」

我覺得尷尬，行了個禮正準備離去，發現笹川的袖口沾上了一小塊白色的汙漬。

「笹川先生，你的袖子……」

「咦？什麼？」

笹川細看自己的袖子。上面沾到我剛才吐出來的嘔吐物了。

「不好意思，我拿去送洗，再還給你。對不起。」

我覺得歉疚萬分，無法正視笹川。

「沒關係啦，我習慣了。」

笹川沒什麼似地說。什麼叫他習慣了？總之，現在只能賠罪。

「不，真的對不起，我會拿去送洗。」

「沒關係啦，真的沒事。」

「不行，不可以，請一定要讓我送洗。」

我看連洗衣店的業務都不會這麼拚命拉生意。我們拉扯了老半天，笹川似乎終於放棄推辭：

「既然你這麼說，那就麻煩你好了。」

笹川解開鈕釦脫下西裝外套，只剩下一件白襯衫。我惶恐不已地接下沾到嘔吐物的外套。

「我馬上送洗再還給你，請告訴我聯絡方式。」

「那請你送到這裡來吧。」

笹川從口袋掏出一張名片遞給我。我望向收下的名片，但也許是因為醉得太厲害，上面的字一團模糊，看不清楚。

「我會盡快聯絡你。真的很不好意思。」

我將名片收進口袋，逃之夭夭地回家去。真是爛透了的歸途。

三天後，兩套喪服送洗回來了。包在透明塑膠袋裡的喪服，已經沒有線香的氣味了。

我將笹川的喪服掛在窗簾軌道上。袖口變回了原本的深黑色。

即使現在回想，那天晚上也丟臉到不行。一回到家，我立刻倒在從來沒收過的墊被上，昏厥似地睡死過去。隔天早上醒來，破壞身體般的倦怠感仍未消失，在深夜的KTV打工時，我也頂著一張活屍般的臉色顧櫃台。

「記得放在……」

我尋找笹川給我的名片。那天晚上雖然喝得爛醉，但我還是好好地把它收在放鑰匙和印章的壓克力盒裡，免得弄丟。

第一次仔細端詳的名片上，印著「笹川啟介」這個名字，以及「DEAD MORNING特殊清潔專門公司」這個公司名。

什麼叫特殊清潔？從字面來看，是清理特殊的場所嗎？像是高樓大廈的窗戶這類危險的地方。

名片背面附上辦公室的簡略地圖。就在距離我的租屋處不到十五分鐘的地方。

出門吃午飯的時候順道去還喪服好了。

我將名片放在矮桌上，再次鑽進被窩裡。拿出電子辭典，出於平時的習慣，輸入簡短的文章。

『阿嬤過世了。線香的味道一直沒有散去。』

聲音聽起來一點都不悲傷。

結果我過了中午才出門，先去附近的牛丼店吃了中碗牛丼。等上餐的時候，我開始擔心帶在身上的喪服真的是笹川的嗎？

喪服的款式大同小異，而且笹川的身材和我差不多。記得我的喪服內袋裡附有購買的量販店衣標。

我翻開外層塑膠袋，查看了一下衣服內袋。沒有衣標，但有名字縮寫的刺繡：「S・Y」。

「咦？」

笹川的全名應該是「笹川啟介」（SASAKAWA KEISUKE），縮寫不應該會是「Y」。我瞬間疑惑了一下，但只要不是拿成我自己的喪服就沒問題了。

填飽肚子後，我拿著收到的名片走了出去。天氣轉涼，只穿一件連帽T已經會冷了。人行道上，幾片枯葉被風吹得直打轉。不久前蟬鳴聲還吵得教人想摀住耳朵，現在卻已步入另一個季節了。我打了個大噴嚏，搓了搓鼻子。我一手拿著喪服往前走，為了打發無聊，任意對擦身而過的年輕女孩打分數。

名片顯示的地點坐落著一棟老舊的住商大樓。DEAD MORNING特殊清潔專門公司的辦公室好像就在這裡的二樓。

這棟住商大樓不管從任何一個角度看去，都散發出一股過時的老舊感。米黃色的貼磚牆面色澤暗淡，就好像老人的皮膚，而且居然連一架電梯都沒有。一樓的信箱亂糟糟地塞滿了各種廣告傳單。

「是這裡……吧？」

其中一個信箱貼著膠帶，用手寫字寫著「DEAD MORNING」。似乎就是這裡沒錯，但我從來沒看過這麼隨便的信箱。

我想快點歸還喪服趕快走，正要走上樓梯，忽然感覺有東西竄過腳邊。那物體熟門熟路地咚咚咚跑上樓梯了。每爬上一階，長長的尾巴就像節拍器一樣左右搖晃，並在稍前方的樓梯平台回頭轉向我，輕叫了一聲。那是一隻橘貓，正以玻璃珠般的眼睛望著我。

「不可以去那裡。」

貓沒有項圈，而且這樣的住商大樓應該不會有人養貓。老家那裡養了三隻貓，所以我很清楚怎麼跟貓打交道。我吹著口哨靠近，只差一點就要摸到身體的時候，橘貓再次衝上樓去了。

「不行啦！」

我也跟著往上走。來到二樓，只有一道平凡無奇的門，沒看到半個人影。橘貓用爪子抓著那道門。

我注意到門上一樣貼了塊膠帶，用醜陋的字跡寫著DEAD MORNING，瞬間，門慢慢地打開來。

「喂，抓得這麼兇，門一下就會被你抓壞了。不是老跟你說不可以這樣嗎？」

從室內探頭出來的笹川，看起來跟上次見到時不太一樣。之前亂翹的頭髮全部向後梳攏，身上穿的不是喪服，而是深藍色工作服，看起來相當幹練。橘貓不停地用身體磨蹭笹川的腳。

「你好，我來還之前弄髒的喪服。」

聽到我的聲音，笹川抬起頭來。

「咦？淺井，你來了。謝謝你特地送來，進來坐吧。」

橘貓搶先我一步，從門縫鑽進去了。

從脫鞋的地方走進去，右邊就是廚房，左邊有洗手間和浴室，格局看起來像普通的公寓。廚房沒什麼東西，只有即溶咖啡的罐子和馬克杯。

短廊前面的房間暗得不得了。正面的小窗打開了一些，但窗外的景色被隔壁大樓擋住，毫無採光可言。室內瀰漫著感覺兩三下就會發霉的溼氣。

最裡面有張大辦公桌，桌上散布著文件。乍看之下，就像街上常見的小型房仲公司。

「天氣一下子變冷了呢。我喜歡寒冷的季節，不過希望氣溫別降得這麼快呢，對吧？」

笹川說，我含糊地點點頭。橘貓跳上附近的椅子，很快就蜷成了一團。

「這隻貓是這裡養的嗎？」

「牠心血來潮就會過來。雖然沒有項圈，但毛色亮麗，又胖嘟嘟的，應該是有人養的。」

我再次望向蜷成一團的橘貓。確實，以流浪貓而言，太沒有戒心了。

「牠有名字嗎？」

「因為是橘黃色的，又鬆鬆軟軟的，我都叫牠蜂蜜蛋糕。對了，謝謝你特地送洗，真不好意思。」

笹川把接過去的喪服放在最裡面的辦公桌上。那裡不管怎麼看，都是最高階的人坐的位置。

「笹川先生是社長嗎？」

「是啊，說是社長，這裡也只是家小公司，除了我以外，只有一名員工而已。」

「咦，好厲害。」

笹川再次輕笑，摸了摸蜂蜜蛋糕的頭。

「對了，你是打工族吧？今天要上班嗎？」

「今天休假。」

「這樣啊，那你今天有空嗎？如果你願意，可以幫個忙嗎？打工薪資今天就會發給你，六千圓起跳，如果表現得好，我可以支付一萬圓。」

這唐突的邀約令我吃了一驚，但反正今天也沒什麼非做不可的預定。

「是清潔工作的打工嗎？」

「嗯，是啊，不過就像名片上印的，我們是特殊清潔專門公司，所以跟一般的清潔工作不一樣。」

笹川的話壓倒性地欠缺說明。把骯髒的地方弄乾淨──從「清潔」這兩個字，我無法做出除此之外的聯想。

「是清潔高樓窗戶，或是打掃危險的場所嗎？」

「有點不一樣。」

「那是要打掃哪裡？」

「過世的人原本生活的地方。有時候也會整理遺物。」

笹川的語氣很平淡，就像在談論天氣，但這意想不到的答案，讓我只能鸚鵡學舌地反問：

「把過世的人原本生活的地方打掃乾淨？」

「對。主要是孤獨死和自殺，有時候也會打掃命案現場。這和一般那種用拖把拖地、清潔窗戶的打掃工作不一樣。很晚才發現的現場，很多時候都充滿了腐臭味，也必須把沾到屍水的地方清潔乾淨。不過我打算請你幫忙搬運遺物、清理垃圾這些簡單的工作。今天預定要去的是孤獨死的現場。」

嚥下唾液的聲音一清二楚地震動著鼓膜。

踏進有屍體的房間。

只要過著一般生活，除非是懸疑電影的主角，否則應該難得遇到這種場面。胯下突然一陣虛浮，就好像乘坐在雲霄飛車上一樣。

「我可以。我想做。」

當然，一方面也是外快相當吸引人，但聽到孤獨死，我想到了阿嬤。我完全不是想要把別人的死和阿嬤重疊在一起憑弔，不是這種莊重的心態，完全只是好奇想看看而已。我想看看在相同的處境下死去的人的住處。

「是我邀你的，這樣問也很奇怪，但你真的行嗎？」

「沒問題。我做過各種打工，應該還算機靈。」

「太好了。那馬上準備吧。」

笹川拿了一套工作服給我，我在浴室換了衣服，工作服質地很硬，但穿上身後，感覺鬆垮垮的。

走出浴室一看，笹川正坐在椅子上，用指頭轉著鑰匙圈。

「喔，很適合。那馬上出發吧。我把車子開過來，你在大樓前面等我。」

我暫時和笹川道別，走下階梯。我察覺蜂蜜蛋糕從後面跟了上來。

「你也要一起去嗎？」

蜂蜜蛋糕看也不看我，搖著尾巴不知道消失去哪裡了。真是隻不會應酬的貓。

我走出戶外，靠在大樓前面的護欄上。明明只是來還喪服，卻遇上了出人意表的發展。以前我做過各式各樣的打工，但這是第一次前往死亡現場。

不到幾分鐘，一輛白色小卡車便停在前面。和我在故鄉看膩了的車種一樣。笹川在駕駛座向我輕輕舉手。我小跑步過去，坐上副駕駛座。

「怎麼樣？沒見過這麼高檔的車吧？」

笹川戲謔地微笑。車子裡播放著靜謐的音樂。

「是啊，能在有生之年坐到這麼高檔的車，太榮幸了。」

笹川笑出聲來，車子往前開去。

「今天的現場開車應該不用三十分鐘。」

小卡車一面前進，一面放肆地發出年邁的引擎聲。

「我要先做什麼才好？」

「不用擔心，我會給你指示。倒是你承受得了嗎？」

「承受什麼？」

笹川把音樂音量稍微調小，望著前方說：

「很多。唔，去了就知道了。如果你能幫忙到最後，薪水就是一萬圓。如果沒辦法，你可以回車子待著。」

「很多……是指會看到屍體嗎？」

「沒有屍體。遺體早就被警方搬走了，剩下來的只有那個人的影子。」

「影子？」

我不懂笹川想要表達什麼。肉體消失，那個人的影子同時也消失了。或許笹川是在打趣我，想要嚇唬我。

「昨天我為了估價，先去了一趟現場公寓，狀況滿驚人的。遺體經過三個星期才被發現。雖然天氣漸漸轉涼了，但應該腐爛得很嚴重。」

「人一下子就會腐爛了呢。有屍體的房間是什麼樣子？」

「什麼樣子喔……唔……我們進入現場的時候，警方已經把遺體搬走了，所以我沒有親眼見過。不過警方只會搬走遺體，故人脫落的皮膚和毛髮還有體液，則是置之不理，就像在說『接下來給你們處理』，所以這類住處的汙染情況非常嚴重。而且死過人的房間一看就知道，不但有臭味，房間裡的空氣也跟別的地方不太一樣。」

出發前，我就猜到應該是要打掃有屍體的房間。但如果屍體已經被警方搬走的話，就沒那麼可怕了。先前的緊張感逐漸淡去。

「心臟停止跳動，血液循環停止後，體溫每小時會下降約〇．八度，兩、三個小時以後，就會開始呈現屍僵。接下來角膜開始混濁，浮現屍斑。然後胃液等等的消化液會開始融解自己的身體，死去的細胞讓細菌等增加，漸漸腐敗。」

「你好清楚喔。」

「還好啦。像佛教繪畫裡有個叫做『九相圖』的，就是把屍體的變化過程分成九個階段畫下來，你有興趣的話，可以去找來看。」

我一點都不想看那種恐怖的畫，但還是點了點頭。聽到笹川的話，我模糊地想像起死亡這個現象。雖然死亡是每個人都平等的必經之路，但對我來說毫無真實感，總覺得是別人家的事。

小卡車的窗外開始出現老街風景，我知道車子正開進我不熟悉的地區。

「淺井，你知道這首歌嗎？」

「現在在播的這首嗎？不知道。」

也許是設定成反覆播放，車子裡一直播放著同一首歌曲。這叫Techno舞曲嗎？分明的節奏，配上莫名陰沉的主唱歌聲。雖然不華麗，但反覆聆聽，會讓人上癮。

「這首歌叫〈Blue Monday〉。主唱與其說是在唱歌，是不是更像在讀信給別人聽？我就喜歡這一點。」

聽笹川這麼一說，我也這麼覺得。歌詞是英文，我聽不懂，但雖然是電子舞曲般節奏分明的歌曲，整體氛圍予人的印象卻是淡泊、冷漠的。

「快到了。」

〈藍色星期一〉的背景音樂中，響起笹川的喃喃聲。

擋風玻璃另一頭出現的是老舊的共同住宅。二層樓建築，戶外樓梯的扶手也一眼就看得出生鏽了。每一戶玄關都擺著頗有年歲的洗衣機，但看起來實在不像是能把衣物清洗乾淨的工具。

「好舊的公寓。」

「會嗎？這還算好的。」

戶外走廊附近站著一名老人。頂上無毛，穿著毛線背心。表情凝重，交抱著雙臂，毛毛躁躁地東張西望著。

「那個人是房東。今天看起來心情也很糟。」

笹川停下小卡車，隨即哈腰點頭地走向房東。我也連忙跟上去。

「喂，你也太慢了吧！快點想辦法把這臭味弄掉啦！」

房東一看到我和笹川，便大聲怒罵起來。可能是非常不耐煩，一隻腳焦躁不安地頻頻踩踏地面。

「非常抱歉。不過距離約好的時間，還有十五分鐘。」

笹川沉穩地回應，但房東的表情依舊火爆。

「關我什麼事！臭成這樣，連附近居民都來跟我抗議了！你幹這行也這麼久了，應該明白吧？你得讓客人看到你想要盡快解決問題的誠意啊！」

房東更加激動，單方面地破口大罵。如果笹川說的是真的，那麼我們根本沒有遲到。我沒想到會劈頭就被臭罵一頓，只能呆杵在一旁。

「很抱歉，是我們誠意不夠。」

「趁著還沒接到更多抗議之前，快點動手吧！」

房東最後這麼吼道，煩躁地點燃香菸。

「好的，我們立刻動工，會盡量早點完成。」

笹川從房東手中接過備份鑰匙，小跑步回到小卡車那裡。我完全無法理解狀況。

「房東昨天也是這樣。」

「死老頭，囉唆死了。」

「他的心情也不是不能理解。孤獨死的是一名高齡男子，好像沒有家人。因為也不能丟著不管，所以清掃費用和廢棄物處理費什麼的，都是房東出錢。也難怪他會憤憤不平。」

「可是有人死掉了耶。」

「比起別人的死，自己的金錢損失才是切身問題。」

是這樣的嗎？我正在納悶，小卡車一下子就開到投幣式停車場了。

引擎熄火後，四下突然被沉默所籠罩。這輛小卡車的引擎聲就是這麼吵，反覆播放的〈藍色星期一〉或許也是原因之一。

「先從貨斗搬出清潔工具吧。」

笹川催促，我下車走向貨斗。掀開覆蓋貨斗的綠色塑膠布，底下放滿了各種清潔工具。水桶、橡皮手套、膠帶、防護塑膠布、掃把，還有附噴嘴的機器，看起來像是在田裡撒農藥用的。

「這些就是全部了嗎？」

「對，全部。要來回好幾趟才能全部搬完。」

我一次能搬多少是多少。從這裡到剛才的共同住宅不用三分鐘，但相當耗體力。來到建築物前面時，房東已不見人影。

現場好像是爬上戶外階梯後最裡面的一戶。我和笹川一起，一步一步走上感覺隨時都會崩坍的樓梯。

「嗚……！」

才剛抵達二樓，我就忍不住屏住呼吸。因為周圍彌漫著難以形容的惡臭。

「味道很重呢。唔，差不多都這樣吧。」

笹川若無其事，往裡面那一戶走去。

「請、請等一下。」

和單純有東西爛掉的味道不一樣，是一種灼燒鼻腔黏膜、帶有一絲甜膩、攪拌腦漿似的惡臭。

「很難受嗎？這就是在沒有人發現的情況下死去的人的味道。」

房中流洩而出的惡臭實在太刺鼻了，笹川的聲音感覺變得好遙遠。甚至還沒有踏進門裡面欸？我實在無法想像接下來要進入室內。

我屏著呼吸，站在房門前。笹川俐落地在玄關前鋪上防護塑膠布，用膠帶貼起來。

「工具可以放在上面。再來回一趟，就可以全部搬完了。」

讓人想要把鼻子一把擰下來的惡臭依然如故。我將東西放到塑膠布上，注視著眼前的玄關。是與其他房間沒有任何不同的白色房門。外面骯髒的舊式洗衣機和裸露的電錶沉默著。

將清潔工具全部搬到玄關前面時，額頭滲出薄薄一層汗水。今天水藍色的天空萬里無雲，或許可以形容為秋高氣爽。如果沒有這股惡臭，晴朗的天氣真想教人來個深呼吸。

「累了嗎？還沒開始幹活呢。」

笹川連大氣都不喘一下，有些挑釁地說。

「小菜一碟。馬上就習慣了。」

儘管嘴上這麼說，但注意到的時候，我忍不住憋住了氣。

笹川從搬來的清潔工具裡取出長袍狀的防護衣、橡皮手套和簡易護目鏡。我還看到散發出黑色光澤的防毒面具。

「先穿防護衣，戴上橡皮手套。袖口要確實用膠帶封住，免得體液或蒼蠅跑進去。」

笹川遞過來的膠帶是紅色的。我小心再小心地用它纏住袖口，勒到手都快瘀血了。

「有那麼多蟲嗎？」

「對啊，有蒼蠅和蛆。雖然沒有夏天那麼嚴重，不過死後躺了三個星期嘛。昨天估價的時候，我先噴了殺蟲劑，應該已經死得差不多了。」

聽到笹川這話，我又在袖口再加上一圈膠帶。冷汗悄悄淌下背脊。

「接下來，鞋子包上塑膠保護套，再戴上護目鏡和防毒面具就完成了。」

我戴好鞋子和護目鏡後，伸手去拿防毒面具。總覺得好像變成了電玩或電影的角色。這下總算能正常呼吸了。

「好了，進去吧。」

笹川雙手合十後，從帶來的物品中取出一枝花，輕輕地放在玄關前。

「這是香豌豆的人造花。不是有一首很有名的歌嗎？啊，不是你們那個世代的流行曲呢。」

放在玄關前的香豌豆人造花，花瓣是淡粉紅色的。花瓣形狀獨特，有著古怪的縐摺。或許是我的精神狀態使然，我覺得這花看起來不怎麼漂亮。

「打擾了。」

門發出刮擦般的刺耳聲響打開了。門板薄到感覺颱風一吹就會飛走。下一秒，映入眼簾的是水泥地脫鞋處，上面寂寞地整齊擺放著一雙骯髒的按摩拖鞋。

「先從清掃死蟲子開始。」

我從脫鞋處抬頭看去，通往起居室的短廊上，散布著大量的黑色點狀物體。是無數的死蒼蠅。

瞬間，雞皮疙瘩爬滿全身，感覺這輩子都不會消退了。

「蒼蠅聞到腐臭味，就會跑來在屍體上產卵。蒼蠅的卵一天就會孵化了。從蛆再變成蛹，馬上就會開始到處嗡嗡飛。」

眼前的情景實在太脫離日常了。光是有無數的死蒼蠅，平凡無奇的住處就化成了地獄。

「淺井，拿掃把和畚箕過來。還有七十公升的塑膠袋。」

「啊，好！」

「把玄關外面的工具拿進裡面。」

雖說一定是習慣了，但滿不在乎的笹川讓我覺得很可怕。我好不容易走出玄關，將笹川要求的工具遞過去。

「要是踩到蒼蠅，會搞得更髒。」

笹川用掃把將散布在走廊的死蒼蠅集中起來，掃進畚箕。他迅速處理掉蟲屍，就好像這是稀鬆平常、駕輕就熟的事。我負責打開塑膠袋，臉別向一邊，只用眼角餘光看著不斷被清除的死蒼蠅。

不到幾分鐘，短廊上的死蒼蠅就消失無蹤了。相反地，塑膠袋裡宛如地獄深淵。

「這樣應該就行了。接下來是初步消毒。可以幫我拿藥品噴霧器嗎？」

笹川指的方向是有附噴嘴的機器。提起來一看，沉甸甸的，感覺裡面有液體在晃動。

「好像撒農藥的機器……」

腦中浮現故鄉的農田景色。如果接下來要做的是小時候幫忙過的農務，真不曉得有多輕鬆。

「要噴得好，需要熟練的技巧。」

笹川將噴嘴朝向天花板，按下本體的幫浦。「咻」的一聲，藥品如霧氣般噴灑開來。

「接下來要去發現遺體的地方。你可以嗎？」

「當然。快點處理完吧。」

我竭力虛張聲勢。其實我好想現在立刻奪門而出，回去家裡。

我躲在笹川背後似地跟上去。先前大批的死蒼蠅讓我一瞬間忘記了，但感覺即使戴著防毒面具，腐臭味仍滲透進來。每當笹川噴灑消毒液，我就由衷祈禱這股臭味可以立刻消失。

一走進玄關，老舊的流理台便映入眼簾。水槽裡丟著沾滿咖哩的白色盤子，和印有貓圖案的馬克杯。對於這些東西，笹川也毫不遲疑地噴上消毒液。

「人生的最後一餐是調理包咖哩嗎？」

流理台角落丟著空掉的銀色調理包袋子。

「以人生的最後一餐而言，實在太無趣了呢。」我說。

「沒有人知道自己什麼時候會死，最後一餐當然也有可能是這種東西啊。」

我用眼角餘光瞥著流理台，踏入起居間。採光良好的窗上貼著幾隻蒼蠅，隔絕了外面的世界。這是六張榻榻米大的房間，東西很少，近乎單調，甚至沒看到櫥櫃之類的家具。扔在榻榻米上的男用襯褲，以及菸灰缸裡幾根菸蒂格外地顯眼。我感覺到視線，望向房間角落的類比電視機，漆黑的畫面倒映出我的身影。這到底是幾年前的古董了？

聲給填滿了。

笹川指向我正在看的反方向。看到那裡的瞬間，腦袋被倖存的幾隻蒼蠅的嗡嗡

「是在這裡過世的。」

凌亂的墊被上，濃淡不一的黑色汙漬勾勒出人形。可以一清二楚地看出手腳和頭的形狀。應該是頭的位置汙漬極深，愈往腳底，顏色逐漸變化成淡咖啡般的黑色。光是看到那攤汙漬，就可以想像墊被一定又溼又重。我無法想像到底要經過多久的時間，人體才會滲出這樣的顏色。

盤旋飛舞的蒼蠅停留在原本應該是頭的位置。那汙漬就像是沒有實像的影子。

「人也是會融化的。流出來的屍水會留下明確的痕跡。」

那汙漬感覺隨時都會動起來，我忍不住當場後退。

「對不起！」

回過神時，我已經拋下這句話衝向玄關，帶著幾隻蒼蠅一起奪門而出，一路衝下戶外階梯。我滿腦子只想盡可能遠離那個房間。我不停地跑，不知道該跑去哪裡才好，胃部突然開始痙攣，一拿下防毒面具，便對著附近的排水溝大吐特吐起來。

嘔吐物沿著網狀水溝蓋消失在黑暗中。中午吃的牛丼味道隱約擴散在口中。

「最近怎麼老是在吐……」

黑影般的人形汙漬鮮明地烙印在腦中，但我無法適切地以言語形容。忽然一陣天旋地轉，我一個重心不穩，坐到附近的磚牆上。

「喂，你在這裡摸什麼魚？」

抬頭一看，剛才的房東不知何時來到眼前，看我的眼神就像在看黏在廁所地上的口香糖。

「呃，不是……」

「就會給人添麻煩。快點去打掃乾淨啦！真是臭死人了。要是其他住戶聽到有的沒有的風聲，吵著要搬出去，是要換我餓死嗎！」

房東還是一樣，肆無忌憚地大聲怒吼。眼睛布滿血絲，聲音震耳欲聾。

「那個……我是打工的……」

「我管你是打工的還是沒膽的窩囊廢！隨便怎樣都行啦！憑什麼我得自掏腰包給非親非故的人收屍！真是，哪裡不好死，何必偏偏死在那裡？要是知道自己來日無多，最起碼也該去流浪街頭，找個不會給別人添麻煩的地方去死！」

有人死了，卻有人為此像這樣暴跳如雷，令我完全無法理解。阿嬤過世的時候，也像這樣給誰添了麻煩嗎？

「我要回去了……」

我不是對房東說，而是敦促自己似地說，站了起來。胃整個空掉了，應該沒有東西可以吐了。

我將面紙搓成一小團塞進鼻孔。腦袋放空地走上戶外階梯。前進的速度宛如蛞蝓般緩慢，但總算是來到房間前了。我將防毒面具密合在口鼻處，緊貼到幾乎發痛。

「南無阿彌陀佛。」

我小聲唸誦知道的佛號，打開房門。室內已經沒有蒼蠅飛出來了。

「我突然肚子痛，去上廁所了！」

注意到時，我大聲吶喊著這假惺惺的藉口。因為戴了防毒面具，聽起來不像自己的聲音。一會兒後，笹川從起居間探頭出來：

「你還好嗎？肚子不痛了嗎？」

「沒事了。該拉的都拉光了。」

這並不是謊言，差別只在於不是從底下，而是從上面……

「看來薪水會是說好的一萬圓呢。」

笹川悠哉地說。眼角變得有點下垂，就像在居酒屋遇到他時的那種表情。

經過地板的時候，我盡量不看腳下。有時運動鞋鞋底會傳來踩爛什麼東西的觸感。或許是死蒼蠅，也有可能是我無法想像的某些東西。

「初步消毒結束了，現在來清出動線，整理廢棄物吧。」

「是要整理遺物嗎？」

「對。這位死者的遺物全部都要廢棄處理。把剛才的塑膠袋三個疊在一起，分成可燃物和不可燃物丟進去。玄關和流理台可以交給你嗎？」

幸好接下來都不會再看到那個人影般的汙漬。我將腦袋放空，把玄關周圍的生活用品放進塑膠袋裡。

「好的……」

把靠放在牆邊的雨傘丟進去。眼前所見的生活用品，每一樣都髒兮兮的。剛才丟進去的雨傘也是，傘骨都斷了，鞋櫃裡的皮鞋也都穿到變形，鞋底磨平。是生性節儉，還是單純地沒錢？我將未曾謀面的某人的生活碎片一個接一個塞進塑膠袋裡。因為沒必要挑選需要和不需要的東西，玄關周圍的遺物很快就消失在塑膠袋裡。

接著我著手整理面對走廊的流理台物品。打開流理台底下的櫃門，廚具只有一只凹掉的鍋子，和一只鍋柄泛黑的平底鍋。雖然廚具很少，卻有大量的罐頭、泡麵和調理包食品，讓我有種打開自家櫥櫃的錯覺。沒有半樣調味料。由此可以一清二楚地看出，他一直是孤單一個人進食。

「只吃這種東西，當然會搞壞身體……」

這樣下去，或許幾十年後，我也會像這樣孤零零地死去。突然好想喝媽之前硬塞給我的蔬果汁。

「淺井！」

起居室傳來笹川的呼叫聲。我實在不願意靠近那個墊被，便從玄關應道：

「什麼事？」

「我想要把那條墊被丟掉，過來幫忙。」

終於到了必須與那條墊被對決的時刻。

我把眼睛瞇成一條縫，拖著鉛一般沉重的雙腳，勉強前進。

進入起居室後，我盡量只看天花板，避免看到那條墊被。

「你的表情怎麼怪怪的？沒事吧？」

因為瞇著眼睛，無可避免地就像臭著一張臉。

「肚子好像又在作怪……我是吃到什麼不好的東西嗎？」

我說著，摸了摸根本不痛的肚子。

「你應該也感覺到了，在這裡過世的人似乎相當一絲不苟。就我的經驗來說，獨居男子的生活都比這裡更要慘不忍睹。在我拜訪過的住處裡，這裡的東西算是數一數二地少。」

「確實，東西沒有到處亂丟，數量也很少。是在死前大掃除過嗎？」

「剛才我在壁櫃裡找到心律調節器的說明書，應該是有心臟疾病吧。」

「心律調節器是什麼？」

「簡單地說，就是監視心臟跳動的醫療儀器。會植入心臟，偵測到心跳太慢時，就會電擊刺激。」

「是喔……？」

「或許這位先生知道自己來日無多，為了死後不給別人造成麻煩，才會盡量減少雜物，只靠最起碼的物品生活。雖然已經無從得知究竟是不是了。」

笹川靜靜地說完後，拍了一下手。

「來吧，先把被子折小，裝進袋子裡丟掉吧。」

雖然戴了橡皮手套，但要觸摸吸滿了體液的墊被，還是需要莫大的勇氣。別說摸墊被了，我連直視它都不敢。

「笹川先生，先暫停、暫停一下。」

為了鎮定心情，我用力閉上眼睛。雖然覺得胃裡應該全空了，酸嘔的感覺卻又湧上喉邊。

「怎麼了？肚子又痛了嗎？」

笹川擔心地問。我提心吊膽地把眼睛睜開一條縫。

「笹川先生……我們可以一邊文字接龍，一邊處理被子嗎？」

我突兀的提議，令笹川一副不解的樣子。什麼都可以，我只想轉移注意力。

「怎麼突然想玩什麼接龍？」

「沒有，就突然想到……從我開始喔。」

我自作主張，讓意識專注在文字接龍上。即使在想詞的時候，喉間的酸嘔感依舊沒有消失。

「被子！」

「淺井，你第一個詞就犯規了嘛。」

笹川笑著，在我的視野邊角靈活地動了起來。腦袋一團混亂。我怎麼會待在這種陌生的房間裡？

「你可以抬邊邊嗎？」

笹川說，我照著他的吩咐，幾乎是閉著眼睛觸摸墊被。因為沒有正眼細瞧，根本不知道自己抓住的是哪邊，但摸得出顯然不同於一般的墊被。即使隔著橡皮手套，觸感仍異樣地溼冷。

「嗚……！」

我看到墊被上有白色的小東西在蠕動。

是蛆。

感覺胃就快痙攣起來，我用力閉上嘴巴，喉嚨使勁。

「可以幫我打開袋子嗎？」

好不容易疊好墊被，笹川俐落地將它塞進塑膠袋裡。我打開塑膠袋，把頭整個撇開。

「還沒好嗎？」

塑膠袋的沙沙聲聽起來像慘叫。全力撇開頭的幾秒鐘感覺綿綿無絕期。

「好了。」

把墊被丟進塑膠袋後，笹川用膠帶把袋口緊緊地封死。不知不覺間，我的臉頰流過好幾道汗水。

「根、根本沒什麼嘛。」

其實我內心已經快要崩潰了。總而言之，成功地處理掉那條墊被，帶給了我難以言喻的安心感。

丟掉墊被以後，榻榻米上仍沾滿了黑色的汙漬。不是呈人形，而像是潑出一大攤咖啡的痕跡，但一看到它，還是令人渾身哆嗦。笹川立刻拆下髒汙的榻榻米，靠放在附近的牆上，仔細地檢查起地板下方。

「幹嘛看地板下面？難道有老鼠嗎？」

「不是。屍水會像水滲透沙子一樣，慢慢地浸透到下面。所以有時候會穿透榻榻米，滴到地板下。如果沒有徹底清除乾淨，腐臭味就不會消失。」

「如果連地板下面都被汙染了，要怎麼辦？」

「刨掉，再用特殊工具塗上一層漆，最糟糕的情況，必須整個拆掉重建。因為就算只擦掉表面的屍水，不斬草除根也沒有意義。」

「就算地板底下有點髒，感覺也不會有人發現……」

「將留在這個房間裡的痕跡徹底清除，是我的工作。」

笹川把頭伸進地板下的時候，我重新環顧這個房間。真的只有最起碼的生活用品。也沒看到反映出嗜好或家人的照片或信件。

「總覺得重新一看，這房間真是冷清。」

故人生前生活在這裡，為了什麼事感到開心或難過？完全看不出來。

「這個房間日照很好。太陽每天直射進來，應該很煩吧。」

笹川的頭依然栽在地板下方應道。確實，這個房間採光很好。有DEAD MORNING的辦公室看不到的陽光照射進來。

「我不是說那個，只是好奇他在這麼樸素的房間裡，一個人想些什麼……」

「天曉得。」

「你不會想知道嗎？」

「要是逐一沉浸在感傷裡，就沒辦法清除汙垢了。啊！有一點屍水滴到地板下了。淺井，可以幫我拿清潔劑嗎？」

立在牆邊的榻榻米前面擺了幾罐像清潔劑的東西。我避免去看榻榻米，走過去拿起清潔劑端詳，每一罐看起來都不像能在藥妝店輕鬆買到的東西。

「有好幾罐，要哪一罐？」

這時一道不祥的聲音響起，就像要打斷笹川的回答。

「咦？」

我驚訝地抬頭，只見靠放在牆邊的榻榻米正滑落地面，根本無暇逃離。

「等、哇——！」

注意到的時候，我整個人倒在先前那樣百般忌諱的榻榻米上。榻榻米的纖維不曉得是不是爛掉了，溼溼軟軟的，雖然穿著防護衣，雞皮疙瘩仍然一瞬間爬滿了全身。即使想要站起來，也因為太滑了，只能維持四肢跪地的姿勢動彈不得。

「喂，你還好嗎？」

笹川拉我的手，將我從吸滿了屍水的榻榻米上救起來。牙根發軟，好像全部的牙齒都掉光了一樣，舌頭整個乾掉。

「榻榻米……突然……」

「是我不好。因為想查看地板下面，沒有確實把榻榻米立好。有沒有受傷？」

我正要點頭，注意到胯下一帶溼溼熱熱的。膽戰心驚地掀起防護衣一看，工作服胯下周圍的布料染上了深色的水漬。

「笹川先生……」

「怎麼了？哪裡痛嗎？」

「有沒有預備的工作服？」

「小卡車裡面有，怎麼了？」

「我尿出來了。」

我擠出殘存的自尊心，盯著斜上方四十五度，以灑脫的表情看著笹川說。因為要是不這麼做，實在是太窩囊了，感覺都要融化消失了。

離開房間的時候，為了預防感染，必須脫掉防護衣和橡皮手套。或許是因為這樣，幾乎所有的物品都是拋棄式的，用過一次即丟。

我遮掩著胯下的水漬，一個人前往小卡車。換上新的工作服後，再次返回那個房間的意願便徹底煙消雲散了。

我坐上副駕駛座，粗魯地把腳擱在儀表板上。因為沒穿內褲，胯間涼颼颼的。好想就這樣直接回家。可是錢包、菸和手機都放在DEAD MORNING的辦公室裡，也不知道這裡是哪裡，即使想走也走不了。

我擅自要了一根笹川丟在駕駛座的菸點燃。明明身上的東西全丟下了，卻只有電子詞典出於老習慣，還收在口袋裡。我叼著菸輸入文字，按下朗讀鍵：

『我不是魚尾獅，也不是尿尿小童銅像。』

機器發出一板一眼的標準話合成語音。最近我都用這個電子辭典讀出面對面說不出口而累積在內心的不滿和憤怒，來抒發壓力。

從擋風玻璃射進來的陽光催人欲睡。沐浴在柔和的光線中，眼皮漸漸沉重起來。在前往現場之前，笹川說如果我沒辦法，可以留在小卡車裡。我已經沒有力氣回去那裡了。再說，我連內褲都沒穿，實在太毫無防備了。

我打了個哈欠，感受著午後溫暖的陽光，閉上了眼皮。

引擎呼嘯的刺耳巨響把我吵醒了。看看時間，我好像打盹了一個小時以上。難得的午睡被打擾，我氣憤地望向窗外，看見一輛卡車正停到旁邊來。

「吵死人了……」

我又嘖了一聲，正準備再次閉上眼皮的時候，聽到有人敲車窗的叩叩聲。驚訝地轉頭一看，一名穿粉紅色工作服的女人正瞪也似地看著我。或許是停車出了什麼問題。我焦急地打開副駕駛座車門。

「你是DEAD MORNING的打工人員？」

一下車就聽見語氣帶刺的質問。女子染了一頭金髮，濃妝豔抹，兩耳上的耳環搖晃著。而且看起來很年輕，搞不好年紀跟我差不多。

「對……有什麼事嗎？」

「現場呢？」

「什麼？」

「現場在哪裡？帶我過去。」

女子單方面的態度充滿霸道的迫力。她穿著工作服，我覺得應該是同業，但她甚至沒有報上名字。

「這邊再過去一點的地方。」

「叫你帶我過去啦。手機沒電了，我不知道在哪裡。」

我無法拒絕，雖然麻煩，但看來只能帶路了。

「你是在卡車上睡覺吧？」

「沒有……只是回來換個衣服而已。」

才剛肩並肩走出去，女子就受不了地說。

「是喔？不過我看你應該會是值得紀念的第二十個，恭喜喔。」

「什麼？」

「半路嚇跑的打工君的數目。」

我無話可說，接下來只是默默地往那棟建築物走。

來到戶外階梯前，我回頭看女子說：

「走上去最裡面那一間。」

「喔。你也要去吧？既然都特地換上新的工作服了。」

明明直到剛才都一副兇神惡煞的嘴臉，然而唯獨這時，女子卻露出惡魔般的微笑。我覺得全被她看透了，一肚子火。

「廢、廢話。討厭啦，難道妳以為我又要回去卡車那裡？」

「沒有啊？快走啦。」

「女士優先，請。」

女子再次默默地瞪了我一眼，領頭走上階梯。怎麼會變成這樣？我只是想要活得像水母……我盯著女子小巧的臀部，懷著這樣的怨懟跟在後頭。

一抵達目的地，女子便毫不猶豫地打開玄關，大聲呼喚：

「笹哥，辛苦了！我把玄關的遺物搬出去。」

我忐忑不安地探頭看室內，短廊變得一乾二淨，完全無法想像直到幾小時前還堆滿了死蒼蠅。也幾乎沒有腐臭味了。

「小楓，辛苦了。妳一個人行嗎？」

我看到笹川從起居室探頭出來。往後梳攏的頭髮變得有些凌亂。

「沒問題沒問題。我把悠哉地在卡車上睡午覺的打工君帶回來了。」

我還沒來得及反駁，叫小楓的女子便輕鬆拎起四個走廊上裝遺物的垃圾袋。

「你也不要呆站在那裡，快點搬。」

「是……」

我拎起看到的垃圾袋，但兩個就到極限了。這女人是母猩猩嗎？……

「放在卡車的貨斗上。」

小楓搖晃著耳環，輕快地走下樓梯。從她對笹川熟不拘禮的態度來看，雖然外貌年輕，但或許意外地資深。

雖然距離小楓的卡車不遠，但一般行走與拎著重物行走，是天差地遠。好不容易走到時，我氣喘如牛，手臂痠麻，手指被塑膠袋勒住，陣陣鈍痛。而小楓已經要把塑膠袋堆上貨斗了。

「你怎麼只拿兩袋？讓弱女子搬你兩倍的東西，不丟臉嗎？」

「這是我的極限了。」

「什麼極限啊？沒出息。」

我將裝了遺物的塑膠袋交給貨斗上的小楓。看她輕鬆接下的模樣，我真為自己感到窩囊極了。

「房間裡的遺物還有多少？」

「呃，還有一個小冰箱、舊型電視。起居室應該還有裝遺物的垃圾袋。記得沒有大型櫥櫃……」

「外面有洗衣機，那也要丟掉吧？其他有沒有沾到屍水的榻榻米什麼的？」

「有。對不起。」

「不要動不動就道歉。加緊速度吧！」

我跟在跳下貨斗的小楓身後，再次前往那棟建築物。還要再來回幾趟才行？我內心直呼吃不消，思考該怎麼做才能逃離苦工，但疲憊與小楓強勢的態度讓我想不到恰當的藉口。

回到現場時，笹川正在用清潔劑噴灑走廊牆壁擦拭。

「笹哥，今天的遺物怎麼這麼少？」

「對啊。故人生前好像過著非常儉樸的生活。啊，起居室有沾到屍水的榻榻米，我也來幫忙吧。」

「沒問題，我跟這個弱雞打工君一起搬。笹哥繼續清理房間吧。」

「什麼弱雞，跟妳相比，每個人都是弱雞吧。」

我覺得笹川這話應該滿失禮的，小楓卻面露微笑，看起來頗為受用。笹川的話不管怎麼鑽研，都找不到一般女生會覺得開心的點。

「大型垃圾留到最後，先從小東西搬起吧。」

小楓催促，但我還是只拎了兩個垃圾袋，走出外面。小楓一個人在搬洗衣機。在她的認知裡，洗衣機好像算小東西。

馬不停蹄地將遺物搬到卡車貨斗上，不知不覺間，工作服底下冒出汗水。小楓都來回兩趟了，我才好不容易走到卡車那裡。

每次被小楓超前，她都要酸個一兩句，讓人很受不了，但幸好這只是搬出遺物的單純工作。這樣就不必去想那個人形汙漬和他生前的生活了。

幾乎全在小楓的活躍下，只剩下沾染屍水的榻榻米和我現在正在搬運的遺物了。如果我故意搬慢一點，小楓應該會一個人把榻榻米也搬出來。我連看都不想看到那噁心的榻榻米，遑論去摸它。

我拎起最後剩下的塑膠袋，刻意放慢速度走出去。手臂都麻掉了，幾乎沒辦法好好抓住袋子。走下戶外階梯後，我將手中裝遺物的袋子重重地扔到地上，伸了個大懶腰。我這輩子再也不要打這種古怪的工了。

「喂。」

轉向聲音傳來的方向一看，小楓正面無表情地從幾公尺外的地方走過來。

「房間裡只剩下榻榻米了。」

我熱絡地說，小楓卻沒有應話。她只是直勾勾地瞪著我的眼睛。

「為什麼把遺物用丟的？」

小楓大步走來，冷不防一把揪住我的衣領。近得額頭幾乎快要相觸，凌厲的眼神刺痛了我。不是開玩笑的，我覺得腳從地面浮起了幾公分，無法呼吸。

「妳突然幹嘛啊？」

「我問你為什麼把遺物用丟的！」

吼罵聲幾乎要震破鼓膜。注意到的時候，我竟當場嚇軟了腿。

「你滾去別的地方啦！」

小楓抓起我正要搬運的塑膠袋，再次轉身往投幣式停車場走去。

「莫名其妙欸。」

我完全不懂突然被怒吼的理由，忍不住咂了一下舌頭。小楓慢慢地回過身來：

「你從來不會拚命去做任何事，也不會認真去面對別人，對吧？」

「什麼？」

「我只要看到納豆和窩囊廢就想吐！」

小楓丟下這句話走掉了。被她勒住的脖子好痛。她剛才丟下的那句話緩緩地刺入心胸。

「我跟納豆同類喔……？」

我故意小聲地打哈哈，卻只是一陣空虛，連站起來的力氣都沒了。我覺得這輩子能丟的臉全在今天一整天丟光了，好想就這樣從地球上消失不見。

「小楓很猛對吧？」

注意到的時候，笹川就站在近旁，朝我伸出手來，就和從榻榻米上把我救起來那時候一樣。

「她到底是什麼人啊？」

「小楓是廢棄物清運業者。她嘴巴有點壞，不過是個耿直誠實的人，而且任勞任怨。」

「看在我眼裡，就只是個脾氣很差的小太妹。」

我抓住笹川的手慢慢地站起來，笹川的手整個汗溼，很燙。

「那個房間裡，有樣東西我想讓你看看。」

笹川留下這話，走上戶外階梯了。雖然已經變得乾淨許多，但沒必要我還是不想踏進那裡面。但也不能就這樣一個人杵在這裡，因為肯定只會被回來的小楓臭罵一頓。我垂頭喪氣地跟上笹川。

在運動鞋套上保護套，直接踩進室內。變得空無一物的房間裡，寂靜得令人發毛。沾染了腐臭的榻榻米上下用黑色塑膠袋套起來，遮住了那個人形汙漬，我鬆了一口氣。

「淺井，你看這面牆的角落。」

笹川向我招手，指著對面牆壁的角落。我走過去定睛一看，上面寫著細小的文字，就像蚯蚓爬過的痕跡。

「想吃壽司，可是要忍耐……？」

我忍不住唸出聲來。疑似用鉛筆寫下的淡色文字十分虛弱，感覺從門窗縫吹進來的風就能把它給吹散。

「剛才你不是想要知道，在這裡生活的某人，都在想些什麼嗎？」

想吃壽司。可是要忍耐。

從住處來看，顯而易見，住戶過著清貧的生活。『可是，要忍耐』。我覺得這句話反映了這個人的生活樣態。

「原來他想盡情地吃壽司……」

「但最後一餐是咖哩。」

只是看著塗鴉而已，卻感覺到指頭被扎傷般的刺痛。

「清理完畢後，原本住在這裡的某人的痕跡就會消失，又會有別的人住進來。」

「總覺得好空虛。」

「會嗎？這只是不斷反覆上演的事罷了。我不可能知道這個人過完了怎樣的一生，但我可以記住他最後留下來的生活痕跡，還有他的死。」

進入這裡以後，笹川第一次打開了窗戶。微風吹進室內，撫過我的臉頰。

玄關門打開的聲音傳來，小楓走進起居室。

「笹哥，只剩下這些榻榻米就結束了對吧？」

小楓明顯把我當成空氣，走近用塑膠袋包起來的榻榻米。

「可以跟他一起搬嗎？」

小楓正準備獨力搬運榻榻米，笹川靜靜地制止說。

「我一個人就行了。這種窩囊廢，沒資格碰遺物。」

「沒這回事。雖然他尿褲子了，但還是幫忙到最後。」

笹川或許是在替我說話，但想要抹消的黑歷史被揭開來，我頓時面紅耳赤。

「我說笹哥啊，雇打工的時候，應該要好好面試一下。」

雖然用塑膠袋包起來了，但我還是不想碰吸滿了屍水的榻榻米。我正猶豫不決，聽到小楓冰冷的聲音：

「所以你是要搬還是不要？還是要先去包個尿布才行？」

被小楓這樣嘲笑，腦袋一口氣沸騰：

「我會搬啦！」

我豁出去了。我慢慢地抓住榻榻米的邊緣。比想像中的更輕，但我抓得莫名用力。抬起另一邊的小楓筆直地看著我的眼睛。

「這是某人的一部分，要小心搬。」

聲音很溫柔，和剛才刺耳的怒罵聲截然不同。

這句話意外地沁入了我的心胸。

阿嬤的一部分，也像這樣被不認識的某人搬走了嗎？滲染在榻榻米當中的，是某人活過的痕跡。我轉念這麼想，原本還覺得噁心，但厭惡感漸漸淡去了。

搬上卡車貨斗時，也盡量輕手輕腳地放。只是普通的榻榻米，感覺卻好像在搬運易碎的玻璃品。

小楓一搬完就坐上卡車駕駛座，打開車窗，向我遞出一張紙。

「簽收單。簽名吧。」

「我來簽可以嗎？」

「可以啦。我還要趕下一攤。」

我照著小楓說的簽了名。卡車儀表板上放滿了似乎從抓娃娃機抓來的布偶，後視鏡吊著款式可愛的芳香劑。這只是開車的空間，有必要像這樣大肆自我主張嗎？

小楓轉動車鑰匙，轟隆隆的引擎聲振動我的鼓膜。

「替我跟笹哥道聲謝。你是沒什麼力，但最後的榻榻米搬得很小心。」

不等我回應，卡車便發出刺耳的聲音開了出去。我看見小楓從車窗伸出手來，朝我揮了好幾下。

「什麼跟什麼啊……」

我注視著漸漸變小的卡車，手掌開合了兩下。手上還殘留著搬出來的榻榻米的觸感。

再次回到現場，笹川額頭布滿了豆大的汗珠，正在清潔流理台周圍。

「這樣就結束了。」

擦乾水槽後，笹川將抹布扔進塑膠袋裡丟棄，用掛在肩上的毛巾抹去額頭上的汗水。

「大概花了四小時左右嗎？」我問。

「嗯。沒什麼東西，所以這麼快就結束了。接下來只剩下向房東報告吧。」

我環顧房間。完全看不出數小時前還有蛆和蒼蠅四處亂飛。不曾交談，也不曾見過的某人的痕跡消失得一乾二淨。只有榻榻米被拆掉後裸露的地板，讓人稍微想起了直到剛才還存在的影子般的汙漬。

笹川打電話報告作業完畢，房東立刻出現了。他露骨地抽動鼻子嗅聞，走進房間裡。

「還是有點味道呢。」

「味道無可避免地會沾染到牆壁和地板。只要換掉壁紙和榻榻米，味道就會消失了。」

「這樣啊。不過這下像話多了。」

房東抽動著鼻子，像野狗似地在房間裡東嗅嗅西聞聞，滿意地兀自點頭。

「可以給我十五分鐘做最後的收尾嗎？」

「好。我就在附近，要走的時候把鑰匙還給我就行了。真是無妄之災。」

直到最後，房東仍牢騷個沒完，但沒有像剛見面時那樣怒罵了。

「還要收尾嗎？」

「最後的收尾。可以等我一下嗎？我很快就回來。」

笹川快步離開房間。我目送他的背影離去，也走出外面。周圍已經沒有腐臭味了。遠方隱約傳來通知五點的社區廣播聲。

我在外面吹了幾分鐘的風，再次打開玄關門，這時的心情連自己都難以明確地說明。

混凝土脫鞋處已經沒有那雙按摩拖鞋了。

我站在那裡注視著室內。窗戶打開，但沒有窗簾，所以從玄關看不出有沒有風吹進來。

滴答滴答地，水槽水龍頭規律地滴下水來。我聆聽了那聲音片刻。總有一股莫名的不安。

房東那麼挑剔，即使只是水龍頭沒關緊，也不曉得事後會被怎樣刁難。我想要進去擰緊水龍頭，卻有些猶豫。

清掃的時候因為鞋子套了保護套，我可以滿不在乎地踏進裡面，但現在腳上穿著運動鞋。

直接踩進去也不會怎樣吧？……

只是關水龍頭而已。就算是自己住的地方，有時候也會懶得脫鞋，直接踩進去。

我再次聆聽了滴水聲片刻，嘆了一口氣，最後還是脫了鞋走上短廊。擰緊水龍頭，發出「啾」的一聲，滴水聲消失了。

「久等了。」

玄關門打開，笹川現身。他可能是用跑的回來的，有些喘氣。手上提著超商的袋子，舉起來讓我看。

「嗯？你怎麼站在那裡？怎麼了？」

「喔，水龍頭沒關緊……」

笹川瞥了一眼我放在脫鞋處的運動鞋。

「你脫鞋子進去？」

「嗯，唔……這裡又不是我家嘛。」

「這樣啊？……」

笹川也脫了鞋，來到走廊。他的黑襪子破了個小洞，害我差點笑出來。

「你喝咖啡嗎？」笹川問。

「喝。我喜歡咖啡。」

笹川笑著從提袋裡取出罐裝咖啡遞給我。

「你去哪裡了？」

「去買最後收尾的東西。」

笹川走進起居室，在某個位置停下腳步。

「不好意思，超商只有賣這個。」

笹川喃喃道，從超商提袋裡取出豆皮壽司。他注視的方向，那面暗沉的牆上，原本的塗鴉已形影不留。

把鑰匙歸還房東後，我們乘上小卡車。剛才吃的豆皮壽司，配咖啡簡直是相剋，但先前狂吐到空空如也的胃袋，還是歡呼著接納了它。

「今天有什麼感想？」

笹川轉動方向盤說。車子裡小聲地反覆播放著〈藍色星期一〉。

「怎麼說，大受震撼。味道，還有墊被上的汙漬……全部都好震撼。」

「嗯，第一次看到很難熬呢。」

「會習慣嗎？」

「也不是習慣，會鍛鍊出耐受度吧。」

「我可能沒辦法……不是說就算人死了，感情也會留在世上嗎？我雖然不信靈異那一套，可是總覺得好像有點瞭解那種感覺。怎麼說，不管在好或壞的意義上，死掉以後，那個人的氣息都還充斥在那裡。」

笹川聽著我的話，也沒有點頭，只是看著前方。窗外的景色已經變得昏暗，超商和家庭餐廳的霓虹燈開始燦爛地大放光明。

「人死了什麼都不會留下。你說的那種類似思念的東西也不會留下。如果會留下什麼，那就只有肉體。但肉體也會腐朽，終有一日會消失。」

「這樣嗎？」

「就是這樣。死去的人不會成長，也不會留下新的事蹟。就這樣停止了。永遠。如果有什麼地方可以遇到死去的人，那就只有過去了。」

對向車的車燈有些刺眼。對於死者，笹川有著極現實主義的觀點，卻又會像剛才那樣買豆皮壽司祭拜。這個人真的很奇妙。反覆播放的〈藍色星期一〉淡淡地演奏著冰冷的樂音。

「死了就結束了。」

笹川踩下油門，小卡車衝過黃燈的十字路口。對於笹川的話，我無法同意也無法反對，只是茫茫然地望著華燈初上的街景。

# 第二章

# 悲傷的迴路

「真的假的？阿航你會不會太猛了？」

武田瞪圓了眼睛，邊吐煙邊說。剛才送來的串烤雞肉被丟在桌上，沒有人動。看著上身前傾的武田，我不知不覺間饒舌起來了。

「真的真的，我差點以為鼻子要被熏爛了，還戴上漫畫那種防毒面具，地上滿滿的全是死蒼蠅。」

「太噁了吧！那屍體呢？」

「屍體警方已經搬走了，只留下影子。」

「影子？」

看到武田那不可思議的表情，我心想或許四天前，我也對笹川露出了這樣的表情。

「對，影子。好像是在墊被上過世的，那叫屍水嗎？遺體滲出一堆汁液，在墊被上形成一個人的形狀。」

「簡直是恐怖片嘛……」

武田皺起眉頭。香菸前端的灰搖搖欲墜。

「可是那種情況，就算驚慌失措也不能怎樣，也只能硬著頭皮上陣了。」

「太有膽了。」

「還好啦。以前好像有大概二十個打工的做到一半就落跑了，可是現場其實也沒那麼誇張。」

當然，我沒有告訴武田我嘔吐又失禁，還被小楓揪住衣領臭罵一頓的事。我覺得就算是謊話，多說個幾遍，總有一天就會變成真的。

「真的是很棒的人生經驗呢。哪像我，求職實在太麻煩了，其他什麼事情都不用做了。今年應該也沒辦法參加社團的滑雪旅行。」

我和武田是在ＫＴＶ打工認識的。我們同齡，班表常排在一起，偶爾會像這樣約出來一起小酌。

「大學好玩嗎？」

「不怎麼樣。說穿了就是不想出社會的人的巢穴。感覺今年一整年都要耗在求職上了。對了，你怎麼辭掉打工了？店長也很驚訝耶。」

經歷特殊清潔的現場兩天後，我辭掉做了一年的ＫＴＶ打工。特殊清潔的隔天雖然有ＫＴＶ的班，但我實在太累了，結果睡過頭，第一次無故缺勤。後來我主動提出要辭職。

「總覺得一下子懶了。在那種地方成天聽客人埋怨麥克風故障、飲料上太慢，被迫聽一堆音痴唱歌，簡直太白痴了。」

雖然嘴上這麼說，但其實是自從去了那個清潔現場後，那黑影般的汙漬時不時就會浮現腦際，讓我覺得在這麼和平的環境裡，聽酒醉大學生和老人集團荒腔走板的歌聲，令人如坐針氈。但我也並非想要再次踏進那種地方。

「啊！難道你是要跳槽去那個……特殊清潔公司是嗎？」

「唔，對方是有問我的意願啦……」

笹川問我要不要繼續打工，這是真的。結束特殊清潔任務，回到DEAD MORNING的辦公室時，他問：「怎麼樣？還想繼續做這份打工嗎？如果你能定期過來，對我幫助很大。」

「也是啦，清理屍體比較刺激嘛。」

「我也還沒決定要做啦……」

「去嘛，然後再告訴我奇妙的體驗。我每天都跟應徵表大眼瞪小眼，無聊到都快吐了。」

「唔，我會考慮看看。我去一下廁所。」

前往廁所的途中，我在腦中反覆唸著「DEAD MORNING」。工作內容那麼辛苦，最起碼取個陽光一點的公司名稱，給人的觀感也比較好吧？如果我是社長，就會取花朵公司或陽光花朵之類的名字。雖然可能會被人誤以為是花店。

小解完畢，洗完手後，我出於老習慣摸了摸口袋。電子辭典果然不在裡面。去那個現場的時候明明還在的……我翻遍了整個住處也沒找到，果然是遺落在哪裡了嗎？

我嘆了一口氣，再次進入居酒屋的喧鬧之中。

隔天，把午飯的杯麵和蔬果汁灌進胃裡後，我拿著忘了還的租片外出。冰冷的風立刻咬上我的鼻頭。

我在TSUTAYA附近的十字路口被紅燈攔下了。除了我以外，周圍沒有半個人。

現在是平日午後。上班族的話，都吃過午飯回去工作了吧。

只差一點就要變成綠燈的時候，我聽見喇叭聲。突來的巨響嚇了我一跳，我慌忙轉頭望去，看見一輛眼熟的卡車正發出轟隆引擎聲。駕駛座上，一名穿著招搖粉紅色工作服的女子握著方向盤，就像在瞪人。

「小楓？」

卡車慢慢地駛過十字路口，在稍前方的路邊停了下來。

「你在這裡做什麼？」

小楓把身體探向副駕駛座，俯視人行道上的我。

「去還租的片。」

「反正是A片對吧？真是沒救。」

被猜個正著，我一時語塞。小楓尖銳的眼神彷彿看透了一切。

「才不是，是活屍片啦。」

「好啦，那不重要，倒是你不去DEAD MORNING嗎？」

「呃……目前沒預定要去。」

「為什麼？」

如果老實說我害怕再看到那種悽慘的現場，小楓絕對會嘲笑我。

「我也是有很多事情要忙的。」

「去嘛。DEAD MORNING老是缺人。像你這種弱雞男，去勞動一下，練個肌肉比較好。」

「唔……想去的話再說吧。」

「說得那麼瀟灑，其實是嚇到了吧？看到你這種窩囊廢，果然還是讓人想吐。」

「我才不是窩囊廢，只是行程撞期而已。」

「是喔。對了，你的電子辭典在笹哥那裡。說是掉在小卡車副駕駛座上。看來你嚇到連掉了東西都沒發現呢。」

小楓不等我回話，關上副駕駛座的車窗，然後按了一下喇叭，卡車揚長而去。

「死太妹。」

我小聲咒罵，為了得知電子辭典的下落而放下心來。

辦公室的話，沒有蒼蠅也沒有染上人影的墊被。只是去拿個電子辭典而已，沒什麼好緊張的。

我歸還租片後，轉往DEAD MORNING走去。

抵達那棟髒兮兮的住商大樓後，我盡量放空腦袋，走上階梯。如果胡思亂想，感覺會忍不住掉頭就走。

貼在DEAD MORNING事務所門上的膠帶，邊緣有點捲起來了。怎麼不做個招牌啦，很難看耶。

我用力撳門鈴。室內立刻傳出腳步聲，眼前的門靜靜地打開來。

「哪位？」

從半開的門內露臉的不是笹川，而是個富態的女子，穿著白襯衫配針織開襟衫。臉頰圓滾滾的，好像嘴裡塞了兩顆肉包子。而蜂蜜蛋糕被抱在女子懷裡，喉間正咕嚕咕嚕作響。

「我叫淺井，之前幫笹川先生打過一次工。我好像把電子辭典忘在他那裡了……」

「你就是淺井嗎？請進請進。」

富態女子笑容滿面，將半開的門整個打開來。

「謝謝……打擾了。」

玄關只擺了一雙女用包鞋。或許笹川不在。室內還是一樣陰暗，除了即溶咖啡的香味外，還有疑似巧克力的甜味。

「笹川去現場估價了，應該再一下就會回來了，你隨便坐，等他回來吧。」

「不用了，我只是來拿忘記的東西……」

「看到你願意再來，真令人開心。淺井，你喝咖啡嗎？」

「我喝，可是不用麻煩了。真的不必費事。」

「沒關係啦，別客氣。有不二家鄉村餅和河童蝦味先，你想吃哪個？」

總覺得雞同鴨講。我正想再次婉拒，蜂蜜蛋糕挨近我的腳邊磨蹭起來。明明上次來的時候，根本不肯靠近我……牠喉嚨呼嚕嚕地仰望著我，是想要人家摸摸頭嗎？沒辦法，我只好應付牠一下，這時廚房傳來女子的聲音：

「聽說你在上次的現場很努力？笹川很稱讚你。」

「呃，算嗎……？」

雖然我算是做到最後，但聞到腐臭味吐出來，還嚇到尿出來，而且還半途開小差打瞌睡。即使回想，我也只是一個指令一個動作，毫不積極主動，沒想到笹川竟稱讚我，令人意外。

富態女子用托盤盛著兩杯即溶咖啡、蝦味先和鄉村餅現身了。

「我不知道你喜歡哪一種，兩種都拿來了。你喜歡甜的嗎？」

「呃，其實沒那麼喜歡。」

「真的嗎？太可惜了，這樣人生很吃虧喔。」

富態女子一臉驚愕地看著我，那表情就好像聽到醫生宣告罹患重症。這個人應該表裡如一，喜歡吃零食吧。她還機靈地為自己準備了一份鄉村餅。

「我叫望月，幸會。我主要負責行政工作，所以總是只有笹川一個人去現場，真的很辛苦。」

「果然很缺人呢。」

能持續幹這一行，不是忍耐力過人，就是腦袋缺了好幾根筋，否則實在做不來吧。一直在我腳邊繞來繞去的蜂蜜蛋糕一下子就跳到望月小姐的膝蓋上。真是隻現實的貓。

「笹川有交代，說如果是你的話，當場錄取，所以你晚點告訴我薪資匯款帳戶跟聯絡資料就行了。」
「等一下，我只是來拿之前忘記的電子辭典而已。」
「咦？這樣嗎？」
望月連眨了好幾下眼睛。
「對。我說了好幾遍了。」
「太可惜了。我好希望有年輕的活力來幫忙照亮這間辦公室喔。」
「咦？要幫忙換螢光燈嗎？」
「不是啦。可是真的好可惜。笹川一定也會很失望。」
「不會的啦。可以取代我的人多得是吧。」
蜂蜜蛋糕喵了一聲，就像在回應，這時玄關傳來門把轉動的聲音。
「好像回來了。」
轉向玄關一看，穿著工作服的笹川正倦怠地脫下鞋子。翹得很厲害的頭髮今天也全部梳攏，抹了油似的油亮亮的。
「前些日子多謝關照……」
「啊，淺井，你來了。你願意來我這裡打工了嗎？」
笹川微笑走近。然後隨手拿起一個鄉村餅，走向最裡面的辦公桌。
「很遺憾，他好像只是來拿失物的。」
「這樣啊……如果你願意來幫忙，我會很開心的。」

掛在牆上的衣架，吊著應該是笹川的喪服和黑領帶。他之前在花瓶說他每天穿著喪服生活，似乎所言不假。

笹川從自己的辦公桌抽屜取出我的電子辭典拿給我。

「這東西對你很重要吧？小心別再弄丟囉。」

「謝謝。」

拿到的電子辭典感覺表面和液晶螢幕都變乾淨了。仔細一看，原本的髒汙和小刮痕都消失得一乾二淨。

「你幫我清潔過嗎？」

「只是擦掉簡單的汙垢而已。你不喜歡別人亂動嗎？」

「不會……太感謝了。」

桌上的電話響了。蜂蜜蛋糕兩隻耳朵抖動了一下。

「您好，DEAD MORNING。」

笹川中斷與我的談話，對著話筒，面不改色地講起電話來。我再看了一次變得亮晶晶的電子辭典，啜飲咖啡。咖啡很甜，喜歡黑咖啡的我喝得很辛苦。

「淺井，你生日是什麼時候？」

吃完鄉村餅，開始吃起河童蝦味先的望月突然問道。她到底要吃下多少零食才會滿足啊？

「四月四日。」

「咦，櫻花盛開的美好季節耶。」
望月將大量的方糖丟進自己的咖啡裡，慢慢地攪動著。砂糖的量多到讓人擔心她會不會明天就得糖尿病。
「我這個人呢，生日都一定會好好地慶祝。不管是自己人還是外人、要好的人還是感情不好的人，都一樣會慶祝。如果你來我們這裡打工，我會在你生日的時候烤個美味的蛋糕給你。就算是不愛甜食的你，也一定會愛上的。」
「望月小姐很會做蛋糕嗎？」
「看我這體型就知道了吧？」
我覺得大力同意未免失禮，只是客套地笑了笑。
「做這一行，每年和別人一起慶祝生日，就覺得是非常特別的事。生日真是太美好了，因為生日是好好地活完一年的證據。」
我試著回想今年的生日做了什麼，但記憶模糊。反正不是叼著菸為了小鋼珠滾動的方向忽喜忽憂，就是跟朋友喝酒吧。
笹川放下話筒，摸了一下梳攏的頭髮。總覺得表情有點僵。
「望月小姐，我又得去現場了。」
「緊急的案子嗎？」
「嗯，委託人說希望能在今天清掃完畢。」
一瞬間的沉默之後，我覺得望月小姐朝我看了過來。被望月小姐那樣的體型目不轉睛地盯著看，壓力相當沉重。

「淺井，接到緊急案子了耶。笹川才剛回事務所，又得立刻出門，真是辛苦。實在太辛苦了。他真的撐得住嗎？真令人擔心。雖然俗話說『忙到連貓的手都想借』，但蜂蜜蛋糕又派不上用場，真教人擔心呢。你也這麼覺得對吧？」

語氣就像在讀稿，話中卻滿載各種心機。我默默低頭盯著電子辭典。真的變得光鮮亮麗。再幫忙個一次，當作跟朋友聊天的談資好了。

「如果不嫌棄……需要我幫忙嗎？」

望月小姐向我遞出工作服，就好像早已預料到我的回答。

換好工作服後，坐上小卡車。笹川發動引擎，〈藍色星期一〉開始播放。老實說，我現在想聽歡樂一點的歌。

「今天的現場也是孤獨死嗎？」

聽到我的問話，笹川看著前方，慢慢地搖頭：

「是二十多歲男子自縊的現場。兩天後才被人發現。委託人是故人的母親。第一發現者好像也是母親。」

「什麼是自縊？」

「就是上吊。是自殺。」

「真的假的？我從來沒有煩惱到想要自殺過，所以無法理解自殺的人在想什麼。」

我常看到新聞說自殺者人數連年攀升，但這個選項對我來說完全不在考慮範圍內。

「味道一樣很恐怖嗎？」

我直接提出最擔心的問題。

「應該沒有上次的現場嚴重。一般會在二十四小時到三十六小時之間開始腐敗，然後產生的氣體充斥全身，人體逐漸融化。雖然會受到氣溫和季節影響，不過大概就是這樣。」

「人也會融化，真是不可思議。」

「人也是生物啊。總有一天會回歸大地的。」

車窗外看到的行人，總有一天也都會融化消失嗎？我差點想像起徹底融化的屍水擴散在各處的景象，急忙搖頭甩開。

「不過自殺的現場，氛圍和孤獨死又不一樣了。」

笹川轉動方向盤。小卡車發出嘰呀聲搖晃，屁股微微從座椅浮起來。

「是什麼樣子？」

「上吊死亡的話，全身肌肉會鬆弛，所以會大小便失禁。如果是用刀子自傷死亡的話，地板就會是一大攤血泊。」

「好像驚悚片的場面喔。」

「或許差不多吧。所以必須配合各種情況，使用對症下藥的清潔劑。成分要特別調配。」

上次的現場，笹川也準備了好幾種清潔劑。每一種都不是藥妝店可以隨便買到的，甚至沒有包裝。

「如果大家都別為小事情煩惱，活得像水母一樣就好了。」

「我沒辦法像你這樣替他們說話。因為站在我個人的立場，我對自殺現場特別憤怒。」

「為什麼？」

「雖然不知道在作出這樣的選擇之前，他們有過什麼樣的遭遇，但主動選擇死亡，這實在太奢侈了。」

笹川的表情扭曲了，就好像在承受著某些痛楚。他看過各種死亡現場，或許會有某些感慨。

「有那麼多人即使想要活下去，也只能別無選擇地死去，實在太奢侈了。」

笹川再次憤憤地說，接下來便沉默不語了。

能夠選擇死亡，是奢侈的事嗎？我完全無法這麼想。

抵達的公寓大廈是三樓建築物，算是新穎美觀的。自行車機車停車場停著時髦的越野自行車和大型重機。一看就是單身公寓，附近的垃圾場貼著警告亂丟垃圾的公告。入口的自動門是自動鎖，前廳的植栽修剪得很整齊。

確定地點後，笹川把小卡車停在附近的投幣式停車場。

「我來聯絡家屬我們到了，上工前你可以先抽根菸。」

旁邊的笹川將手機拿到耳邊，我打開車窗，煙霧緩慢地搖晃著飄出窗外。不一會兒後，應該是聯絡上家屬了，笹川說了什麼之後，掛斷電話。

「走吧。家屬好像到了。」

「我要用什麼態度才好？我從來沒遇過兒子自殺的母親。」

「平淡的態度就行了。我們只是來打掃房間的。」

在我吃飯、拉屎、看活屍片的時候，應該都有不計其數的人自殺身亡。

這只是其中之一罷了。

甚至不會登上新聞版面，是稀鬆平常的事。

儘管這麼想，但想到要見到悲傷的人，還是令人心情沉重。

剛才的公寓前站著一名婦人。遠遠地也看得出服裝俗氣，年紀大概跟我媽差不多。頭髮摻雜著顯眼的白絲。婦人發現我們，深深行禮。

「您是白星先生的母親嗎？」

笹川打招呼，同時微微行禮。

「是的。為了我那傻孩子的事，突然把您找來，真的很抱歉。」

「請節哀順變。」

笹川說出致哀的慣用句，我也跟著行禮。在近處一看，婦人面容憔悴，臉上脂粉未施，但語氣俐落，姿勢也抬頭挺胸。與我想像中的死者家屬印象不同，令我鬆了一口氣。

「您一定很難過，不過可以請您這就帶我們去房間看看嗎？」

「好的。鑰匙放哪去了？……不好意思，最近老是忘東忘西的。我也算是一腳踏進棺材裡的人了。」

故人的母親白星太太語帶玩笑地說，從口袋裡掏出一支鑰匙。可能是因為急著掏出來，鑰匙掉在柏油路上，敲出堅硬的聲響。

「啊，對不起，看我這麼冒冒失失的。」

「沒事的，請放心，我撿起來了。」

笹川撿起掉落地面的鑰匙，向白星太太出示。

「我們兩個先進去室內看看，白星太太請在外面等。」

確定白星太太點頭後，笹川將鑰匙插進自動門的鎖孔。

「是最裡面倒數第二間。」

一樓共有五戶。和之前的現場不一樣，玄關前沒有髒兮兮的洗衣機，也完全沒有腐臭味。

「沒有味道呢。」我說。

「因為很快就發現了，最近氣溫也比較冷。」

「不讓那個媽媽看房間裡面嗎？」

「作業的時候會請她在場。不過如果房間裡狀況很慘，也沒必要讓她一看再看。先我們自己大致確定一下吧。」

「可是，那個媽媽意外地堅強呢。還能說笑。」

一〇二號室。外觀只是普通的玄關。褐色的門板很厚，感覺即使有強風撲來，也不動如山。

笹川合掌之後，從口袋掏出香豌豆的人造花，像上次那樣靜靜地放在玄關前。然後他慢慢地將鑰匙插進玄關門鎖孔。這個瞬間最令人緊張。我防備蒼蠅大軍的攻擊，偷偷摸摸地躲到笹川身後。

但門打開以後，出乎意料地，室內沒有半隻蒼蠅飛出來。

「沒有那種惡臭呢。」

室內窗簾似乎全拉上了，一片漆黑。我覺得空氣濃重到令人窒息。宛如置身隧道般的潮溼空氣不知不覺間覆蓋了整個皮膚。

「是啊。配電箱在哪裡？」

笹川扳起開關的聲音後，室內燈照亮了四下。

經過短廊後，出現約四坪大的房間。對面擺了一張單人床，床單拉得整整齊齊，沒有半點縐摺。其他還有小沙發和擺了桌電的桌子。

「好整齊喔。感覺好像跑到朋友家來玩一樣。」

「你朋友家沒這個吧？」

往笹川的聲音傳來的方向一看，房間角落的衣櫃前鋪了一張野餐墊。

「故人用繩子掛在衣櫃的關門器上，上吊自殺。這張野餐墊應該是為了避免糞便和小便弄髒周圍才鋪的。既然能為別人設想這麼多，怎麼不把那份力氣用在思考活下去的方法上？」

笹川不停地開關衣櫃的門。每次開關，裝設在門上的金屬關門器便隨之變形。

「在這麼普通的地方掛繩子……」

「是啊，如果真心想要上吊，哪裡都有辦法。像是用門把也可以上吊。簡而言之，只要壓迫頸動脈和氣管就行了。」

我完全沒想過居然能用如此近在身邊的物品上吊。我盯著關門器和野餐墊，思考在這裡上吊的人是懷著什麼樣的心情掛上繩索：心死？懊恨？還是解脫？但可以詢問當下心情的對象早已不在人世了。

「總覺得好令人難以承受。」

「這表示世上有些人除了尋死以外，完全無法思考別的事了。檢查看看其他還有沒有弄髒的地方吧。」

我在笹川催促下環顧室內。除了野餐墊和有點變形的關門器以外，是個很普通的房間。

「他好像在服用抗憂鬱症的藥。」

笹川瞥了一眼丟在桌角的藥片空袋說。從事特殊清潔這一行，就會熟悉這些藥物嗎？

桌子附近的小書架上擺了幾本心理勵志書籍和漫畫，還有時尚雜誌。廚房裡有最基本的調味料和零食。電腦螢幕上貼著從高處拍攝的日出照片。應該是登富士山之類的時候拍的。

原來他喜歡登山……

玄關擺著登山鞋。鞋底沾著乾掉的泥土，有最近剛穿過的痕跡。我不經意地朝鞋子裡一看，發現有一張折得小小的紙。

「這什麼？」

雖然有些遲疑，但我還是拿出那團紙。打開來一看，「遺書」兩個字赫然躍入眼簾。

「笹川先生！」

我忍不住大喊。聽到我的聲音，笹川立刻過來。

「怎麼了？」

「我在鞋子裡找到這個，上面寫著遺書……」

折出許多縐摺的紙張似乎是隨手撕下的筆記紙頁，以遺書來說，實在太隨便了。

「放在鞋子裡面？」

「對。我只在電影和電視劇裡面看過，不過遺書一般不是應該要放在更明顯的地方嗎？像是枕頭上或桌子上……怎麼會放在鞋子裡……」

「一般遺書和金錢類的物品，會由先到場的警方保管，再交給家屬。不過看來警方也沒想到鞋子裡面會有遺書。」

笹川從各個角度端詳那張紙。

「你讀讀看吧。」笹川說。

我接過紙張，提心吊膽地閱讀內容。總覺得紙上還留有死去的故人體溫，毛毛的。第一行用稍大的字體寫著「遺書」二字，底下是簡短的文章。

「我一直想成為堅強的人。我從小的個性就是忍不住會鑽牛角尖……媽，對不起……」

「不用勉強變成堅強的人也無所謂啊。」

我聽見笹川淡漠的聲音。紙上的字跡有些稜角分明，顯得神經質。

室內幾乎沒有汙染，疲勞感卻從腹部深處湧了上來。笹川的手上拿著剛才發現的遺書，依照折痕折回原狀。

走出自動門外，白星太太以和剛才一樣的姿勢站著不動。

「讓您久等了。我們檢查了室內，但汙染並不嚴重。為了慎重起見，我們消個毒，整理遺物，接下來只需要更換壁紙，應該就可以恢復原狀了。」

笹川說明室內狀況，並提出估價金額。白星太太聽著房間的狀況，頻頻點頭。

「太好了。我一直很擔心萬一房東要我把那一戶買下來該怎麼辦呢。為了這個傻孩子，真怕我養老的存款要少掉一大半。」

「不會這樣的，請放心。還有，我們在鞋子裡面找到了遺書。警方好像沒有發現。」

白星太太沒有立刻接下遺書，只是定定地看著笹川遞過去的紙張。

「這是令郎最後的話。」

聽到笹川的話，白星太太動作遲緩地接過那張紙，慢慢地讀了起來。我別開目光盯著地面，不敢看白星太太。因為我覺得就算是看似堅強的白星太太，一定也會失聲痛哭。即使是陌生人，如果能夠，我不想看到別人嚎啕大哭的模樣。

「我也可以一起整理我兒子留下來的東西嗎？」

花了幾秒看完遺書後，白星太太平淡地說。她沒有崩潰哭泣，也沒有情緒失控。我稍微鬆了一口氣。

「當然可以。我們去拿清潔工具，請您在這裡稍等。」

「小光——」

我們正要走向小卡車，白星太太像要留住我們似地忽然開口。

「聽說小光上吊的時候，穿著成人紙尿褲。這是為了減少清理房間的人的困擾對吧？」

「我想應該是的。房間裡還鋪了野餐墊，我想那也是為了預防弄髒房間。」

「……因為我一直教育他絕對不可以給別人添麻煩。就像這孩子在遺書上寫的，他是個軟弱的孩子。但是最後一刻，他還是稍微想起了我對他從小的教導呢。雖然軟弱，但他是個好孩子。雖然他實在太傻了。」

白星太太嘆了一口氣，靜靜地微笑。

笹川用藥品噴霧器為室內消毒，這段期間我和白星太太在門外等待。今天沒有戴防毒面具，從一開始就只戴防塵口罩，外加橡皮手套和雨衣。裝備比上次的現場輕便太多了。

「你幾歲？」

「不久前剛過生日，滿二十一了。」

「這樣。跟小光差兩歲。」

白星太太從皮包裡掏出一顆糖果，塞進我的手。接著又請我吃大福麻糬，但我實在沒辦法吃東西，婉拒了她。

「我從小就沒辦法給小光吃什麼高級的東西，所以他長大以後，還是一樣小孩子舌頭，淨愛吃這種零嘴。開始登山以後，也動不動就從背包裡拿出巧克力、糖果這些的。」

白星太太隨興地向我攀談。年紀也跟我媽差不多，雖然是初次見面，卻很有親切感。

「他的愛好果然是登山嗎？我在玄關看到登山鞋。」

「是啊，他好像常去登山，說很期待下山後去泡溫泉。每次回家，也經常聊起登山的經驗。」

白星太太露出拿兒子沒辦法的笑容。散布在眼角那符合年紀的黑斑，就像某種汙漬般很自然地貼附在皮膚上。

「那孩子小時候氣喘很嚴重，都和我一起去附近的山上健走，鍛鍊體力。我們夫妻離異，小光沒有爸爸，所以我總是陪在他身邊。我們常去的山地勢相當險峻，每次回程的時候小光都會鬧脾氣不想走，我都揹著他下山。」

「一定很累吧。」

「重得要命，就好像扛著壓醃菜的石頭一樣。」

聊天的時候，白星太太也笑容不絕。

玄關門打開，扛著藥品噴霧器的笹川探頭出來：

「消毒結束了，請進。」

白星太太遲疑了幾秒，行禮之後踏入室內。

「這個房間只有他剛搬來的時候，我稍微來過一下而已。」

一進房間，白星太太就注視著兒子死去的位置。她身上的碎花休閒上衣掛在清瘦的身材上顯得過大。

「那麼，現在就來整理遺物，如果有什麼要求，請儘管提出來。」

「除了拍到小光的照片以外，其他的全部都丟掉吧。」

房間裡有許多光先生留下來的東西，但她只要帶照片回去就夠了嗎？這讓我覺得有些奇怪。

「好的。如果看到現金、票券、信用卡之類的，我會交給您。」

「好。」

笹川指示我取出七十公升的垃圾袋，疊成兩層使用。

「把要丟掉的遺物放進這裡面。如果有照片、現金、信用卡之類的貴重物品，就先留起來。若是看到不確定能不能丟的東西，不要自作主張，先詢問白星太太。」

「好的。那個，真的除了照片和貴重物品以外，全部都可以丟掉嗎？」

「嗯。有時候為了接受現實，像這樣清理掉比較好。」

我望向白星太太，她正大大地伸了個懶腰。

「好了，我也來打掃那個傻孩子的房間吧。」

白星太太從笹川那裡拿了塑膠袋，立刻將攤放在地板上的野餐墊丟了進去。野餐墊是藍色的，從某些角度來看，也像是一汪四方形的水窪。

「鋪這種東西，他是想在房間裡野餐嗎？」

白星太太笑著轉向我徵求同意。

「或許他現在正在天堂野餐喔。」

聽到我的回應，白星太太面露一貫的微笑。

收拾掉野餐墊後，我檢查衣櫃裡面。光先生應該是很注重外表的人，衣櫃裡吊著好幾件風格清爽的衣物。其中也有幾件登山外套。

「衣物也全部丟掉嗎？」

「對。他的尺寸跟我完全不一樣，也沒辦法拿來當居家服。」

我接連將衣物扔進塑膠袋裡。取出衣物時，淡淡的男用香水味和灰塵的氣味掠過鼻頭。是陌生人的氣味。

在這個房間上吊的人的氣味。

雖然我遲疑了一下，但還是繼續處理衣物。顯而易見地，光先生的痕跡正確實地從這個房間裡消失。

對光先生來說，這個房間住起來怎麼樣？是朋友和女友會來訪作客的快樂場所嗎？或是會令他深深沉潛於內在的陰鬱場所？但不管是哪一邊，都再也無從得知了。用不了幾分鐘，衣櫃裡的衣物便全部消失，化成角落積塵的單純的狹窄空間。

笹川正打開擺著電腦的桌子抽屜，仔細地查看從裡面取出來的物品。

「有照片。」

笹川將幾張照片交給白星太太。我忽然好想知道光先生長什麼樣子，便湊到白星太太旁邊一起看照片。

「臉頰比較豐滿，所以是剛進公司的時候呢。」

我們年齡相近，我擔心萬一是我認識的人怎麼辦，但照片上的人物只是個面生的陌生人。

「眼睛和白星太太很像呢。不愧是爬山的人，曬得很黑。完全就是山中男子的感覺。」

窗明几淨的辦公室裡，光先生一個人坐在椅子上對著鏡頭比出勝利手勢。他一臉燦笑，怎麼看都不像是會自殺的人。

「光先生是做什麼行業的？」

我靜靜地詢問注視著照片的白星太太。

「他在證券公司上班。他驕傲地跟我說過，雖然很忙，可是很有成就感。」

「原來是菁英啊。他看起來就很聰明。」

「哪裡會？其實這孩子真的笨手笨腳，都要周圍的人鞭策他才行。」

白星太太用指頭撫摸著照片。

「白星太太，時間會撫平一切的，您要加油。」

我喃喃說出以前在電視劇上看到的台詞。我從來沒有想過自己居然會在現實中說出這種話，但我希望多少可以讓白星太太積極面對。聽到我的鼓勵，白星太太露出微笑。

比起上次的現場，這次實在輕鬆太多了。既沒有腐臭味，也沒有人形汙漬。不管怎麼看都只是個普通的房間，讓我覺得就像是來幫忙別人搬家，正在整理打包。

白星太太一邊俐落地丟棄遺物，臉上一直掛著明朗的笑容。常說「為母則強」，白星太太完全體現了這句俗語。幸好她是個能夠跨越悲傷難關的人。如果她邊丟遺物邊掉淚哭泣，我也很難辦事。

我走向玄關，打開鞋櫃，皮鞋特殊的氣味鑽進鼻腔裡。把慢跑鞋和看起來要價不菲的皮鞋隨手丟進塑膠袋裡。比起運動鞋，皮鞋的數量壓倒性地多。哪像我，就只有一雙廉價的人造皮皮鞋而已。光先生幾乎每天都穿著這些皮鞋，在磨平鞋底的同時，也將內心的什麼也日漸磨耗殆盡了嗎？我腦中浮現陳腔爛調的比喻，繼續清理。

鞋櫃清空之後，我拿起放在玄關的登山鞋。拎起來一看，鞋子沉甸甸的，鞋底沾滿了硬掉的泥土。

我覺得有某些訊息和泥土一起凝結在這雙登山鞋上頭。真的可以直接丟掉嗎？遺書就是在這雙鞋裡發現的。

或許最好確定一下。我去找白星太太。

「這雙鞋怎麼處理？」

正在擦拭床鋪周圍的白星太太交互凝視著我和登山鞋。

「丟掉沒關係。我只揹了個小背包來，沒辦法帶太多東西回去。」

「要丟掉是是很容易……但我想光先生在過世前才剛去登山回來，所以這有可能是他最後穿的鞋子。再說，如果帶不回去，也可以用宅配的。」

「嗯……不過還是丟掉好了。」

「可是……」

「我只要帶照片回去就好了。我已經決定了。」
「淺井，那雙鞋子也丟掉吧。」
在整理桌子周圍的笹川停下手來，規勸地說。
「好……」
我懷著有些不滿的情緒折回玄關，把骯髒的登山鞋放進塑膠袋裡。登山鞋發出乾燥的聲音，沉入一片鞋海之中。

結果白星太太帶回去的遺物，就只有幾張照片而已。連光先生應該生前戴過的腕錶和飾品類，也決定全部丟掉。
「廢棄物清運業者應該快來了，把東西搬上車以後，作業就結束了。房間的壁紙需要我聯絡認識的業者來更換嗎？」
「謝謝你。有個傻兒子，做父母的就有操不完的心。」
白星太太挹著肩膀，語帶嘆息地說道。
幾分鐘後，門鈴響了。我經過短廊，打開玄關門。
「咦？你怎麼在這裡？」
小楓每次眨眼，長長的假睫毛就跟著搧動。
「沒什麼，我本來就預定要來打工。」
「你剛才明明沒說！對了，今天東西多嗎？」

「很多。因為是單人住處全部的家當。」
「那大概要三十分鐘吧。」
小楓露出遊刃有餘的笑容，走進室內，向白星太太輕輕行禮，隨即拎出好幾袋房間裡的塑膠袋。
「你也別呆站著，幫忙啊！」
在小楓的催促下，我將堆在玄關的塑膠袋搬出外面。如果小楓估算得不錯，再過個三十分鐘，光先生的痕跡就會徹底從這個房間消失了。
小楓一個人搬運小沙發，我和笹川合力搬床。我們小心避免撞到牆壁和自動門，往小楓的卡車走去。
看不到白星太太後，累積在我心中的疑問自然地滿溢而出：
「怎麼會要求把東西全部丟掉呢？……除了照片以外，帶點遺物回去也好吧？」
也許是停車位不夠，小楓的卡車停在距離公寓有點遠的地方。
「會嗎？我可以瞭解白星太太的心情。」
「咦～？真的假的？站在光先生的立場，我覺得他有點可憐耶。」
抵達卡車後，我們通力合作，把床鋪搬到貨斗上。
「丟掉遺物，是一種自我防衛。在我看來，白星太太正在拚命地阻斷悲傷的迴路。」
笹川的視線正對著搬上貨斗的遺物。

「悲傷的迴路？」

「嗯，有些人必須麻痺悲傷才能走下去。就像把電燈關掉一樣。」

「是嗎？可是白星太太一直笑咪咪地在整理房間耶。我覺得她看起來完全接受了光先生過世的事實啊。」

「面對死亡，不是那麼容易的事。」

笹川淡淡地微笑。他說出來的話和臉上的表情南轅北轍，讓我忍不住困惑了。

我將最後一個塑膠袋搬上貨斗。小楓已經坐上駕駛座了。笹川去向白星太太報告作業完畢，這裡只剩下我和小楓兩個人。

「喏，跟我說的一樣吧？三十分鐘，分秒不差。如果有個更可靠的肌肉打工君，二十分鐘就可以解決了。」

「我跟上次不一樣了好嗎？一次搬三袋耶。」

「白痴啊？誰在跟你比數字？重要的是工作品質！」

就算跟小楓鬥嘴，感覺也沒有勝算。不過如果不是幾小時前巧遇這傢伙，我今天根本不會來打這份工……

「你幾歲？」

小楓唐突地問。

「咦？二十一。」

「真假？還以為比我小哩。就是因為有太多像你這種沒出息的人，我們的世代才會莫名其妙地被叫成什麼草莓族，被人瞧不起。」

我把小楓的數落當成耳邊風，想起光先生的年齡也跟我很近。

「幹嘛表情那麼陰沉？太累了快暈倒了嗎？」

「不是……這個過世的人，年紀跟我們差不多。只是想到再也沒辦法跟他普通地說話，也聽不到他的聲音了……只是體會到這種理所當然的事而已。」

小楓定定地注視著我，緩緩地開口：

「你說聽不到死人的聲音，可是你錯了。」

「咦？」

「有些聲音光是豎起耳朵也聽不到的。要聽到那聲音，必須敞開心房。」

「什麼跟什麼？妳是有靈異體質嗎？」

「唉，菜鳥打工君是不會懂的吧。」

小楓說的像是冠冕堂皇的漂亮話，但表情很嚴肅。忽然間，那雙原本就快拋諸腦後的登山鞋浮現腦海。

「那個……」

「什麼？」

「有樣遺物我想交給家屬。」

小楓交抱起雙臂，就像陷入沉思：

「家屬說不要的東西嗎？」

「嗯，叫我丟掉……是一雙登山鞋，但我覺得白星太太回去以後，一定會為了丟掉它而後悔。不是常有這種事嗎？覺得不要了把東西丟掉，結果過了幾天以後突然又需要。」

「唔，也有很多家屬完全把遺物當成垃圾嘛。」

小楓雖然穿著打扮很勁爆，說出來的話卻頭頭是道，我對她有些改觀了。我走向卡車後方，看著塞在貨斗上的遺物。

「可是，已經太遲了嗎？……」

「那，要不要交給本人決定？」

不知不覺間，小楓來到旁邊。

「可是光先生已經過世了，又沒辦法表達他的意願。」

「總之，我現在開始計時一分鐘，如果你能在一分鐘之內找到，就交給他母親吧。計時結束以後，我就要把貨斗鎖起來了。」

「東西這麼多，一分鐘怎麼可能找得到？」

「一、二……」

小楓任意開始計時。我急忙跳到貨斗上。卡車的廂式貨斗內一片陰暗，只有入口附近有光，難說視野良好。

「是哪一個？……」

因為用的是黑色塑膠袋，看不到裡面的東西。
「哪一個？哪一個？哪一個？」
我伸手亂摸附近的塑膠袋，但都不是鞋子的觸感。
「三十四、三十五……」
我東張西望，被計時聲催得心急如焚。附近的塑膠袋都摸過了。
果然沒辦法……
當我正準備放棄的時候，似乎聽見搬上來的沙發後方傳來塑膠袋摩擦的沙沙聲。我走到聲音那裡，粗魯地摸了摸彷彿藏在沙發旁邊的黑色塑膠袋。手心摸到堅硬的鞋底。
「找到了！」
我連忙解開袋口。因為打了平結，很難解開。我焦急但慎重地動著手指。
「五十八……」
我連滾帶爬地跳下貨斗，聽到小楓的笑聲。
「喏，聽到聲音了吧？我可沒有騙你。」
在貨斗聽到的聲音應該是碰巧。但我還是深深點頭同意，手中感覺到登山鞋的重量。
拚命找到的登山鞋，暫時放在DEAD MORNING的小卡車貨斗保管著。公寓前面，笹川和白星太太正在說話。

「東西都載走了嗎？」

「對，沒問題。」

我對笹川做出參雜了一點謊言的報告，望向白星太太。她的手上拿著幾張從兒子住處裡帶出來的照片。

「真的謝謝你們。我好像也進行了一場過年以外的大掃除，肩膀都痠痛了。」

「辛苦了。壁紙的事，我會轉達認識的業者，他應該會再聯絡您。」

「我等一下要去出租房間的房仲公司那裡。我那傻兒子給大家添麻煩了。」

我們離開以後，白星太太朝反方向走去，可能是要去房仲公司。

我和笹川走向小卡車。為了白星太太，還是應該把那雙登山鞋交給她比較好，這樣的心情愈來愈強烈。我立下決心開口說：

「我想要把那雙鞋子交給白星太太。其實那雙鞋放在小卡車上。」

沉默了一秒之後，笹川淡漠地說：

「為什麼你想要把那雙鞋子交給她？」

「我覺得白星太太遲早會後悔。現在或許她不需要那雙鞋，但我覺得總有一天，它會變成很重要的東西。」

「這不是你一廂情願的想法嗎？」

「不是的。白星太太一定也會覺得高興的。」

「這樣。那趁她還沒有走遠，拿去給她吧。」

一聽到笹川的回答，我奔向小卡車，從貨斗拿出登山鞋，折回來時的路。

「我馬上回來！」

笹川只是默默地點頭。

我經過公寓前面，往白星太太行走的方向跑去。她應該還沒有走遠。雙手各拎一隻的登山鞋鞋帶搖晃著。觸摸著它們的手火燙極了。

來到通往站前的馬路路口時，白星太太的身影突然躍入眼簾。

「白星太太！」

那條路的入口高處是商店街的拱門，兩旁擠滿了不曉得誰會光顧的婦女服飾店和拉麵店、印度咖哩店等等。白星太太就站在那條路的邊角，茫茫然地注視著往來的行人。

「幸好趕上了。我用跑的過來的。」

「啊……剛才謝謝你了……」

「您怎麼站在這種地方？」

「只是想到小光是不是每天經過這條路……感覺像這樣看著往來的人，小光就會現身跟我說話。」

白星太太的臉上沒有先前不絕的笑容。和我交談的時候，也只是空空洞洞地望著人潮。

「別這樣說，請打起精神來吧。白星太太比較適合笑臉。我是拿這個來給您的。」

我意氣風發地舉起雙手拎著的登山鞋。白星太太的視線從人潮移開，瞥了鞋子一眼。半晌沉默無語。我正想繼續說下去的時候，白星太太開口了：

「百般呵護拉拔長大的孩子都死了，有哪個母親能打起精神？」

白星太太表情木然，聲音小得幾乎聽不見。

「我沒能察覺那孩子的痛苦，沉浸在無可救藥的後悔當中，你卻要叫這樣的母親露出笑容？」

「白星太太？……」

盯著我的眼睛一下子紅了。

「我不是叫你丟掉嗎！你為什麼要這麼做！」

「呃……您怎麼了？」

「如果把那雙鞋子帶回家的話……不就非承認不可了嗎……承認那孩子已經不在了……」

白星太太當場蹲了下去，嚎啕大哭起來。往來的行人朝我們投以冰冷及好奇的目光。

「對不起……我不是在怪您……對不起、對不起，真的對不起……」

我不知道該對崩潰大哭的白星太太說什麼才好。

「我走了……」

回過神時，我雙手拎著登山鞋跑掉了。我邊跑邊回頭看了好幾眼，就好像要逃離什麼。

回到小卡車時，笹川把車窗打開一半，正在抽菸。他看到我，表情不變，輕輕揚手。

即使看到依然拎著鞋子的我，笹川也什麼都沒問。我一坐上副駕駛座，就聽到轉動鑰匙發動引擎的聲音。

「我沒辦法拿給她……」

「這樣。」

〈藍色星期一〉的節奏聽起來比平常更要冰冷。被不知道第幾次的紅燈攔下時，後悔情不自禁地從口中橫溢而出：

「我根本就不明白……我自以為是在安慰她……結果反而傷害了她。什麼上天堂、什麼時間會撫平一切、什麼加油、打起精神……淨會說些好聽的話。那些話根本不是在為白星太太著想，只是我自己想說而已……」

我把骯髒的登山鞋放在大腿上。乾掉的泥土變成細沙，沾在工作服上，看起來就像餅乾屑。

「那雙鞋我會拿去共同祭拜，好好處理掉。」

「對不起……」

彼此沉默了一陣之後，笹川的喃喃聲傳來：

「什麼叫安慰的話呢？」

「我也不知道。」

「我覺得，世上根本沒有所謂安慰的話，有的只有**聽起來像安慰**的話。」

「是這樣的嗎？……」

「可是，不管再怎麼笨拙的話，就算是罵人的訓話，如果某天想起來的時候，能夠讓心胸感到一陣溫暖，就是真正能安慰人心的話。」

真正能安慰人心的話……

「任何話語都有可能安慰人心。所以今天你對白星太太說的話，或許總有一天也能真正安慰到她。」

聽到笹川的話，我再次注視登山鞋。白星太太的哭聲在鼓膜深處不停地迴響著。

抵達事務所後，笹川說要把登山鞋送去認識的神社，讓我一個人下車。

「再見。」

笹川留下這話，小卡車開走了。

我瞥了貼著膠帶的門一眼，按下門鈴。望月小姐陽光的笑臉立刻出現在門後。

「辛苦了。外面很冷吧？」

「不會，還好……」

我立刻前往浴室。沖著溫熱的水，疲勞感稍微從體內溶出，消失在排水孔裡。

換好衣服，走出浴室，堆滿文件的桌上擺了一個放三明治的盤子。

「你一定餓了吧？要不要吃三明治？」

「我不餓，沒關係。」

「什麼話，你一個人住外面對吧？要吃點營養的東西才行。」

結果我敗給望月小姐的強勢，吃了三明治。味道簡單，但才咬上一口，原本遺忘的飢餓感便再次恢復，我不知不覺間狼吞虎嚥起來。

「蜂蜜蛋糕走掉了嗎？」

我忽然想起這麼問。莫名地好想摸摸牠柔軟的毛皮。

「是啊，牠很我行我素嘛。」

「如果還有下輩子，我想投胎變成貓或水母。」

「貓的世界也是很艱辛的喔。像蜂蜜蛋糕，也是有我們不知道的某些重擔的。因為牠有時候來DEAD MORNING的時候，表情超凝重的。」

蜂蜜蛋糕表情凝重的時候，八成是肚子餓的時候吧。

「換個話題，你不覺得這間事務所很陰暗嗎？」

聽到望月小姐的話，我環顧周圍。

「唔……確實很暗。讓我想起故鄉夜晚的海邊。」

「果然很暗呢。待在這裡工作，有時候會忽然覺得就像三更半夜被一個人丟在這裡，好像早晨永遠不會到來了。」

我是看到公司叫DEAD MORNING的瞬間，就覺得室內一片灰暗了。

「日照的問題老實說，也只能認了。」

「問題不只是日照而已……總之，我想要讓這裡變成朝陽普照般的明亮場所。為了這個目的，需要一些變化。像是討厭甜食的某人定期過來上班之類的變化。」

我沒有應聲，將剩下的三明治送進口中。

「別看蜂蜜蛋糕那樣，牠意外地很會看人的。看到牠很平常地往你的腳上蹭時，我嚇了一大跳。」

反正只是一時心血來潮吧。儘管這麼想，但還是有點開心。

「還有，笹川雖然不太會表現在臉上，但你替他把喪服送洗，他好像真的很高興。」

我原本埋頭在吃三明治，聞言抬起頭來。笹川完全沒有提到這件事。

望月小姐微笑了一下，輕輕搖頭：

「只是稍微弄髒了袖口對吧？大部分的人都是道個歉就算了。況且你們只是碰巧一起喝酒而已，一般人不會做到特地送洗的程度。」

「是嗎？……」

「把別人看得跟自己一樣重要，意外地很困難的。」

望月小姐的喃喃聲在陰暗的事務所中散去了。

# 第三章

## 他的一部分

武田擲出去的飛鏢插在正中央的紅心上。

「阿航啊，你是不是瘦啦？」

「有嗎？體重沒減多少啊。」

「不，你真的瘦了。不過每天清理屍體，或許也難免憔悴啦。」

「不是清理屍體，是特殊清潔。」

「哪邊都無所謂啦。你居然有辦法一直做下去。」

我進入DEAD MORNING打工，不知不覺間已經過了兩個月。現場那強烈的臭味實在不可能習慣，不管洗再多次澡，還是覺得味道附著在身上，我愈來愈常無意識地嗅聞自己的手。笹川動不動就說「幸好不是夏天」。夏天的時候，腐臭味似乎非常驚人。笹川還說，作業期間，必須先將臭味消除到一定的程度才能開窗，所以室內悶熱無比，都快中暑了。

大概過了一個月左右，我發現腐臭味也分成許多種。胖子和年輕人的腐臭味特別難忍，相較之下，高齡長者和比較瘦的人，味道就稍微好一些。我依然不習慣這些臭味，但不會像以前那樣嘔吐了。理由是我自己發明了一套應對之道。也就是當那酸嘔的感覺從喉嚨深處湧上來的時候，就在腦中想像女人的裸體。如此一來，不知為何，嘔吐感就會漸漸消退。或許是因為在我的心中，美女的裸體是距離死亡最遙遠的存在。我都靠著回想女星或寫真偶像的美麗胴體，來撐過每一次的腐臭。唯獨有一次我想像小楓的裸體，那次毫無效果。

「太輕鬆了。我漸漸得心應手了。打掃這種工作，連小學生都在做嘛。只要把清理人死後的痕跡跟放學後的打掃放在同一個大框架來看，都沒什麼差啦。」

「根本不一樣好嗎？那是不是就像為無趣的日常帶來新鮮空氣的另一個世界？」

「也不是這樣啦。時薪高，又懶得找其他打工，只是這樣而已。」

我跟武田好陣子不見了，但都有透過電話和簡訊聯絡近況。武田似乎對特殊清潔很感興趣，老是想問我有什麼體驗。

「武田，你求職順利嗎？」

「要是順利，我還會在這裡射飛鏢抒發壓力嗎？」

武田擲出去的飛鏢再次正中紅心。

「企業的面試應考準備裡，有個叫自我分析的。就是分析自己是個怎樣的人、有過什麼樣的經歷、曾經努力做過哪些事，所以如果雇用我，會有什麼樣的好處。」

武田再次射出一支飛鏢。這次插在有點偏離中心的位置。

「做過自我分析之後，我發現了，我這個人一點亮點都沒有。本來還自以為努力活了二十一年呢。」

武田把飛鏢遞給我，我在腦中描繪他投鏢的姿勢，瞄準紅心，結果飛鏢劃出大大的弧線，完全偏離了目標。

「阿航，你不會是第一次玩飛鏢吧？」

「當、當然不是，今天只是有點不順手。」

我的故鄉只有掛著暗沉紅燈籠的小酒家而已，才沒有可以射飛鏢的時髦酒館。

我正暗自焦急，武田皺起眉頭說：

「是說，你有沒有聞到臭味啊？是不是有誰吃了大蒜？」

我反射性地聞自己的手掌。武田看著我賊笑：

「你聞手幹嘛？」

「沒事。」

我為了掩飾，射出飛鏢。還是射不中。

「總之，再跟我說說你打工的趣事吧。」

武田邊滑手機邊喃喃道。

隔天，我頂著乾燥的風前往DEAD MORNING。或許差不多該買條圍巾了。脖子涼颼颼的。

打開貼著膠帶的門，鼻子嗅到即溶咖啡與巧克力混合的香氣。開始做這一行以後，感覺嗅覺比以前更靈敏了。

「淺井，早。」

陰暗的室內，望月小姐正在看文件。桌上擺著一盒打開的巧克力。

「早。又一早就在吃零食嗎？」

「糖分補給很重要啊。否則大腦會沒辦法運作。你要不要也來一顆？」

得能接受了。

我本來明明很討厭吃甜的，但每天早上都被望月小姐餵食，結果不知不覺間變

「那，一顆就好。」

「這麼說來，今天剛好是你來打工滿兩個月呢。」

我點點頭，望月小姐露出微笑。

「雖然怨聲載道，但你還是很努力嘛。一開始每天早上來上班的時候都一臉慘白，我還很擔心你撐不撐得下去呢。」

「我早上都爬不起來，剛睡醒臉色看起來很差而已啦。一定是的……」

「那我就這麼解釋吧。滿兩個月紀念日的今天，要去發現腐屍的人家對吧？」

看看白板，預定現場的欄位寫著「腐屍・透天厝」。

「我都忘了……超不想去的。」

「今天只是查看現場跟估價而已吧？」

「是啊。記得好像是死後過了兩個星期才被發現。」

進行特殊清潔時，幾乎都會先去現場勘察並估價。如果不先確定誰來付錢，很多時候會在事後起糾紛，而且要帶去的工具，也會依據汙染的程度而不同。不經預先勘察就直接清掃的案子，多半是清楚付錢的人是誰，以及現場的汙染程度比較輕微的情況。

「這次的委託人是家屬，所以付款方面應該不會有問題。」望月小姐說。

「是啊。像上次，還聯絡了故人幾十年沒往來的親戚，才收到清潔費用。一般多半都會拒絕……畢竟關係那麼遠的親戚，跟陌生人幾乎沒兩樣了嘛。」

「確實。我也有幾個好多年沒見面的親戚。」

「如果可以，我實在不想看到房東跟家屬爭吵的場面。居間調解的笹川先生看起來也很為難。」

房東為了避免自己的資產損壞，會想要盡快把問題處理掉。而連死者的長相都不記得的家屬，捨不得如今再為死者破費。雙方的主張是平行線，但大多數情況，最後都是房東心不甘情不願地咬牙付錢。這種時候，讓各方妥協也是笹川的工作之一。

玄關傳來轉動門把的聲音，同時還有咳嗽聲。

「啊，笹川先生，早安。」

「嗯，早……」

笹川戴著白色口罩。聲音嘶啞，不停地乾咳著。

「笹川，你那聲音是怎麼回事？感冒了？」

「昨天開始……就有點發燒……我吃了抗生素，燒應該很快就會退了……」

笹川淚眼汪汪地，又連咳了好幾聲。望月小姐擔心地說：

「看起來很嚴重……今天的現場勘察是不是延期比較好？」

「只是聲音發不太出來而已……身體狀況沒有那麼糟……而且……也不能讓家

屬等……」

「可是你看起來很難過……」

「望月小姐……不好意思，可以幫我做那個嗎……只要喝下去……聲音應該很快就會回來了……」

笹川一邊說著，整個人靠坐在椅子上，倦怠地仰望天花板。

「你這個人真是的，一旦決定，就不知道妥協。要是喉嚨那麼不舒服，不用一板一眼地打黑領帶也沒關係啊。與其擔心別人，應該多愛惜自己……總之你等一下，我馬上去買材料。」

望月小姐以不可貌相的敏捷速度衝了出去。只剩下我和笹川兩個人的陰暗事務所當中，又傳出劇烈的咳嗽聲。

「你真的沒事嗎？我覺得今天還是休息比較好。」

「不行……是我自己不好，沒有做好健康管理……不能用這種個人的理由給委託人添麻煩……」

聽著那斷斷續續的沙啞聲音，我覺得笹川就算用爬的，也一定要前往現場。

「那，今天家屬那裡我來交涉。不過詳細的估價還是要笹川先生來才行。」

作業流程我大概都記住了，最近也愈來愈常在笹川指示以前率先行動，所以我覺得這是個好主意。

「那……就拜託你了……當然……我會在一旁支援。」

我等待笹川的咳嗽聲告一段落，提出疑問：

「對了，你剛才叫望月小姐做什麼？」

「喔……你說望月特製湯？」

「那什麼聽起來很奇怪的料理？」

「那種湯……比一般的藥更有效……以前我也好幾次靠那道湯……恢復健康……」

感覺只是喝心安的，但笹川似乎深信只要喝了那道湯，就可以立刻恢復生龍活虎。

望月小姐回到事務所不到十五分鐘，就將那道湯端到笹川面前了。

「來，請用。」

我好奇地探頭望去，雖然號稱特製湯，卻沒有半點料。笹川吸著鼻水，啜飲著特製湯。

「淺井，你要不要喝？喝了會活力十足喔。」

「我不用了。我吃過早飯了。」

「是喔？很好喝說。」

望月小姐不停地勸，但我覺得如果現在吃東西，等一下可能會在現場吐出來。

「多謝招待……這樣我就撐得下去了……」

笹川將空掉的馬克杯放到桌上，開始換上工作服。我看了一下時間，差不多得前往現場了。

將小卡車停在投幣式停車場後，我們徒步前往現場的透天厝。風寒冷刺骨，工作服外面如果不罩件羽絨衣，在外頭連一分鐘都待不住。

感覺颳過的風會讓笹川的病情更加惡化，我有些擔心。

「交給我吧！我會迅速結束這一局。」

「照平常那樣來就行了……」

抵達現場附近，尋找有委託人姓氏的門牌。周圍老房子櫛比鱗次，外觀皆大同小異。

「應該就在附近了。」

乾燥的空氣裡，那股熟悉的氣味掠過鼻頭。連鼻音濃重的笹川似乎都同時聞到了，口罩底下的臉皺成了一團。

「聞到了？」我問。

「嗯……現在是冬天，味道卻嗆成這樣……是開著暖氣過世了嗎？……」

很快就找到門牌姓氏與委託人相同的透天厝了。當然，那戶人家噴發出彷彿連肉眼都能看到的濃濃腐臭味。

「絕對就是這一戶。門牌跟委託人一樣姓神谷，而且臭氣沖天。」

我們和委託人神谷說好在住家前面碰頭，因此站在原地等待。

我重新審視眼前的透天厝。一眼就看得出相當破敗了。玄關前的小前庭，不知道是什麼植物的雜草叢生，證明已經好幾年都無人整理。二樓的牆壁也在長年的風吹雨打下變色而且汙損，窗玻璃也有幾處破損了。

「好陰森的家。」

幾分鐘後，傳來玄關拉門打開的聲音，一名鬍子臉男子滿不在乎地從充斥著腐臭味的屋裡走出來，讓我簡直不敢相信自己的眼睛。

「你們是清潔人員？」

滿臉鬍碴、頭髮斑白的男子穿著衣領鬆垮的灰色休閒服，右手搔抓著屁股。男子好像沒有左手，袖口底下看不到左手，但也沒有刻意遮掩的樣子。即使男子出聲搭話，我一瞬間也無法回話。

「啊、是。我們是接到委託的DEAD MORNING。您是神谷先生嗎？」

神谷先生不曉得是不是沒聽見我的招呼，右手挖了挖耳洞，盯了手上的耳屎半晌。

「對。快點解決吧。實在臭死了，附近鄰居也都在抗議。」

神谷先生說完，隨即返身走回屋內。雖然態度高傲，但感覺不拘小節，或許意外地容易溝通。我正這麼想，卻聽見笹川的喃喃聲：

「那位先生或許很難搞……你行嗎？……」

「沒問題的。別擔心，笹川先生準備文件就行了。」

然而一踏入玄關，我立刻啞然失聲。

從玄關開始，放眼所見全是垃圾、垃圾與垃圾，到處都是亂堆的垃圾，幾乎沒有立足之地。

「今天只是估價而已吧？算便宜一點啊。」

神谷先生叼著菸，右手懶散地搔著頭。居然在這樣的垃圾堆裡沒事人似地抽菸，令人難以置信，但我振作起來問：

「好的。首先必須先確認一下現場狀況。呃，請問過世的人是在哪裡？……」

「二樓房間。都快把我搞死了。警方把我抓去偵訊，房間整個封鎖，直到確定沒有犯罪嫌疑才開放。你有被警方偵訊過嗎？才不像電視上演的那樣會端豬排丼給你吃呢。那時候我很餓，本來還有點期待說。」

神谷先生將燒短的菸蒂丟進鞋櫃上的泡麵容器裡。裡面可能還有湯汁，傳出一絲火苗熄滅的嘶嘶聲。

「死掉的是我弟。我們住一起，可是他都死掉兩星期了我才發現，很誇張對吧？不過我跟他已經好幾年沒說過話了，沒辦法。」

「原來過世的是令弟嗎？」

我忍不住揚聲問。眼前的神谷先生大大地打了個哈欠：

「對。那傢伙習慣早上起來，第一件事就是擦這面全身鏡。那個人一板一眼到病態，而且又愛擺臭架子。我的房間就在玄關附近，所以每天早上都被他摸東摸西的聲音吵起來。我才在奇怪最近怎麼都沒聽到他弄東弄西的聲音，又好像有怪味，是有貓死在哪裡嗎？沒想到死掉的是他。」

我忍不住望向死去的人每天早上擦拭的鏡子，上面倒映出我不知所措的表情。

「兩個星期才發現嗎？」

「當然，人可不是我殺的。警方也查清楚了。我弟天生心臟就不好，聽說死因是心臟病發作。人真的不曉得什麼時候會怎麼死、死在哪裡呢。你看起來還很年輕，要盡量多享點口福，搞漂亮女人，才不算白活啊。」

神谷先生咧嘴笑著，露出骯髒的牙齒。每當他搖晃肩膀笑，看不到左手的袖口就跟著搖晃。

「既然都要死，怎麼不死於意外呢？如果是意外死亡，我就可以拿到一大筆錢了。」

我不知道該如何回應，忍不住盯著神谷先生垂下的左袖口看。

「沒看過少隻手的人啊？」

「不……對不起。」

「四年前我被捲進沖壓機裡，一下子就跟這隻手說拜拜了。雖然是有領到一大筆職災賠償啦。」

神谷先生炫耀地捲起左袖口。手肘底下空空如也，只剩下有些緊繃的皮膚包覆著前端。

「現在有時候還是會覺得左手在痛。真的很奇妙呢，明明手早就已經沒了。」

我用眼角餘光偷看神谷先生撫摸被切斷的手肘前端的模樣，只能說些無傷大雅的話：

「這樣啊，我能體會。」

「你兩手好好的，怎麼可能體會我有多痛？少在那裡不懂裝懂了。」

神谷先生煩躁地說，狠狠地瞪向我。我不知不覺間垂下頭去：

「對不起……我們可以看看令弟的房間嗎？」

「嗯。算便宜一點啊。我弟的房間在二樓。」

神谷先生再次提醒，消失在屋內。我壓低聲音對笹川說：

「那種人絕對很不妙。」

「嗯……滿不衛生的呢……不過這種情況意外地常見……像是在同一個家中分居的夫妻，其中一邊過世了，卻好幾天都沒發現……我們人只要把對方當成透明人……就可以徹底把對方從心中抹去……」

「不不不，住在同一個屋簷下的人都死掉了，居然兩個星期都沒發現，這太扯了啦！」

看到這樣的人，笹川居然能平心靜氣，也令我難以置信。笹川不曉得是不是看透了我的心思，淡淡地說：

「那個人……好像有嚴重的幻肢疼痛困擾。」

「幻肢疼痛？」

「嗯……身體的某個部位明明已經失去了，卻覺得好像依然存在，感到疼痛……原因尚不清楚，但醫界認為與大腦的神經迴路有關。因為感覺疼痛的部位根本就不存在了，所以止痛藥也沒什麼效果……是很難處理的疼痛。」

「就算是這樣，我也無法同情。」

坦白說，那種人的身體狀況怎麼樣，都不關我的事。通往二樓的樓梯兩邊堆滿了垃圾，還沒看到現場，我內心就已直呼吃不消了。

我克制住想要直接穿鞋進入室內的衝動，脫了鞋走上樓梯。

「那個大叔堆積這麼多垃圾是要幹嘛啊？這已經不是懶得打掃的程度了吧？這種屋子怎麼不乾脆拆了拿去做停車場？」

吱嘎作響的樓梯愈往上走，刺鼻的腐臭就愈濃烈。感覺真的爛透了。

走上二樓後，看見用英文寫著「TOILET」的廁所。就在近旁，一道緊閉的門扉沉默著。彌漫在四周圍的氣味，是我這兩個月經歷過的現場當中，味道最恐怖的。大概不光是腐臭而已。加上四周圍散亂的垃圾臭味，我真的覺得鼻子要爛掉了。

「臭死了！我絕對沒辦法在這種屋子裡生活。」

笹川小心翼翼地開門，幾隻蒼蠅從房間裡飛了出來。是我從未見識過的巨型蒼蠅。室內也許是因為窗簾緊閉，相當陰暗。我和笹川一起從門外窺看室內。酸嘔的液體立刻從喉嚨深處直衝而上，我連忙在腦中召喚裸女的胴體。

「電燈開關在哪？……」

笹川打開燈，室內的景象一清二楚地浮現出來。

首先映入眼簾的，是幾台電腦。電源關閉的螢幕朦朧地倒映出我倆的身影。電腦附近排列著大量的動漫角色模型，有我看過的動畫角色，也有刻意強調大胸部的美少女模型。滾輪座椅倒在木板地上。

「太慘了……」

倒地的椅子周圍，貼附著隱約呈現人形的黑影。融出來的部分屍水擴散並且凝固。這是一個人融化、變得爛糊的痕跡。除了融出的屍水外，有許多蒼蠅的蛹化成了黑點散布在房間各處。

「明明是兄弟，都變成這樣了卻都沒發現，太說不過去了。」

「他們之間的規矩就是互不干涉吧……世上也是有這樣的生活方式的。畢竟人這種生物，現實的距離並不等於彼此心的距離……」

「就算是這樣也太扯了。」

「這是有可能的事……你現在不就看到這樣的死法了嗎？……」

人死了就會融化。畢竟人只是一團肉，只要心臟停止跳動，接下來就只會逐漸消失。儘管理智明白這一點，但……

笹川從口袋取出拋棄式拖鞋，將其中一雙遞給我。

「確定一下狀況吧……」

笹川才剛低聲喃喃，我就不小心踩爛蒼蠅蛹了。隨著一道踩碎餅乾般的清脆聲響後，噁心的觸感在腳底擴散開來。

房間裡看起來就像一個完整的王國。鎮坐在正面的電腦一看就是最新的高規格款式，安置在各處的角色模型也看得出物主的講究。角落的書架上一絲不苟地排滿了大量的電影ＤＶＤ和漫畫，小冰箱裡還留著幾瓶威士忌和發泡酒，以及起司、義大利香腸等下酒菜。感覺這個房間裡所有的一切，都是經過精心考量，安放在應有的位置。

「是個很一板一眼的人呢。」

創造出這個王國的人，已經化成了黑影。取而代之地，蒼蠅和蛆成為新的主人，占領了這塊國土。

笹川謹慎地觀察地板的汙染狀態。地板上有一攤赤褐色的東西，和一片黑色的屍水。

「屍水凝固了，汙染也很嚴重……有些地方可能只能刨掉了……」

預料到工程將相當浩大，我嘆了一口氣。

「不過到處都是模型，感覺好像被人監視一樣，真不舒服。」

不只是桌上，書架空處和冰箱上也都有擺出各種姿勢的角色模型。幾乎全是美少女，睜著玻璃珠般的大眼睛，面露微笑，身上的衣物也都是泳衣或兔女郎裝這類火辣的打扮。裙子的縐摺和書包都做得莫名地逼真，完成度極高。

「我在網路上看過，這種東西意外地很貴喔。」

拿在手中端詳的模型，即使身在如此悽慘的環境裡，仍巧笑倩兮。我忽然一陣好奇，窺看美少女短裙的裙下風光。

「咦？」

瞬間，白色小褲褲好像動了，令我思考當機。兩秒鐘過去，我發現是怎麼一回事，全身爬滿了雞皮疙瘩。

裙子底下布滿了密密麻麻的白色蛆蟲，正在蠕動。

「哇啊啊啊！」

我反射性地將模型甩了出去。美少女劃出弧線，飛向電腦所在的桌子，和桌上其他的模型撞成了一團。

「怎麼了？……」

笹川回頭。

「裙子裡面有蛆……」

「真糟糕……」

掉落的模型在地板散落一地，好幾個摔斷了手，或是一頭栽進屍水裡。

「完了，弄壞了嗎？」

這時「咚咚咚」一陣粗魯的上樓腳步聲，神谷先生現身了。他沒有進房間，站在門外兇狠地瞪著美少女們散落一地的地板。

「我聽到聲音，還以為是怎麼了，居然給我亂搞？」

笹川立刻賠罪：

「非常抱歉，因為我們的疏忽，損壞了一部分令弟珍惜的遺物。」

笹川以嘶啞的聲音大聲說道，並深深一鞠躬。我晚了幾秒，也不甘不願地行禮。這些模型反正明天就會被丟掉了。明明只是今天或明天的差別罷了，我不明白有什麼必要像這樣低頭賠罪。

「噯，事情都發生了，那也沒辦法。」

「真的很抱歉。」

「沒關係啦，只是我本來想把這些娃娃拿去我房間擺飾。」

「真的很抱歉……」

「嘴巴道歉誰不會？我看你們心裡根本就不當一回事吧？應該要拿出誠意讓我看看才對吧？」

神谷先生的表情扭曲。顯而易見，他想利用這個機會來個漫天砍價。我急忙插口：

「請等一下，你根本就不打算把這些模型擺在自己的房間吧？在我們過來以前，房間好像完全沒有動過嘛。」

在近處一看，神谷先生的臉很髒。鼻子的毛孔黑黑的，口臭也很嚴重。嘴巴裡是滿口的黃板牙。
「我要擺啊。這可是我的寶貝弟弟留下來的東西呢。」
「不要扯那種假惺惺的謊了。你對這種模型根本就沒有興趣吧？」
「是怎樣？你弄壞我寶貝弟弟的娃娃，還誣賴我扯謊？」
「可是……如果你真的珍惜，應該會自己整理遺物……」
「你囉唆不囉唆！」
神谷先生的怒吼聲讓我肩膀一顫。缺了手臂的左袖晃動著。那怒氣沖沖的狠勁，把我先前對他的輕蔑一口氣變成了恐懼。
「自己搞出來的爛攤子自己收拾！拿出誠意來解決！我可是客戶！要不是我付錢，你們連飯都沒得吃！」
你才是，連親人死了兩星期都沒發現，甚至不敢自己整理遺物……儘管滿腹不平，我卻連一聲都吭不出來。
「我們的員工淺井冒犯您了，真的很抱歉。這是這次的估價。」
笹川亮出計算機，神谷先生突然沉默了。露出鼻孔的幾根鼻毛隨著呼氣一同搖晃著，噁心死了。
「太貴了，這算什麼誠意？」
「好的。因為我們不慎損壞遺物，我會再打個折扣。」
笹川再次敲打計算機，出示給神谷先生。神谷先生搔著頭，說：

「這個房間裡有什麼？」

「除了幾台電腦以外，還有大量的DVD和漫畫。」

「是喔？A片和A書嗎？」

「不是，是一般的電影和漫畫。」

「拿去賣的話，應該還值幾個錢吧。好吧，就這個金額吧。別看我這樣，我對味道可是很敏感的。屋子裡臭成這樣，根本睡不好。」

神谷先生說著毫無說服力的話，勉為其難地在文件上簽了名。

「不過從明天開始，你們可得趕快動工。」

「好的。我們明天就開始作業。」

笹川恭敬地答應後，再次行了個禮。

「順便把屋子的垃圾也清走吧。」

「除了這個房間以外的廢棄物清運，必須另外追加費用，可以嗎？比起委託我們，我想聯絡行政單位處理會更便宜。」

「什麼啦，真是，一點服務精神都沒有。」

神谷先生不屑地說，轉身下樓去了。參雜在腳步聲當中，神谷先生的自言自語像利針一樣刺進了我的鼓膜：

「一群搶食屍體的鬣狗。」

我只能默默地垂下頭去。

開著小卡車回去事務所的路上，笹川從頭到尾不發一語。看起來心情好像也很差。憋悶的車子裡只有他偶爾發出的咳嗽聲在迴響。

「對不起……都是我，害得估價金額變少了。」

經過幾個紅綠燈後，我總算開口了。遇上那種委託人算我們倒楣，但以結果來說，都是因為我弄壞了模型，而被迫降價。

「你介意這件事嗎？」

「是的……早知道就不碰那種長蛆的模型了。都怪我多事，對不起。可是，它們明天就會被當成垃圾丟掉了啊……」

聽到我的回答，笹川的表情明顯地沉了下來。

「我還以為你是個更有同理心的人。真遺憾。」

「咦？」

「你最應該道歉的對象，是那個過世的弟弟。你弄壞了他珍惜的東西。」

笹川筆直地看著擋風玻璃前的景色說。

「可是他已經死了，要怎麼道歉？」

「如果不能把別人珍惜的東西，當成自己珍惜的東西一樣對待，就做不來這一行。」

那聲音很小，我差點就漏聽了，但聲音已不再沙啞。

抵達事務所後，笹川說他有事，讓我一個人下車，接著小卡車再次不知道消失到何處了。後來我們完全沒有對話，抵達事務所之前，氣氛一直都很尷尬。

我眼角瞥著膠帶門牌，打開門後，室內仍依稀殘留著早上的湯的香味。

「辛苦了……」

「咦？真意外，這麼快就回來了。」

抱著蜂蜜蛋糕的望月小姐朝我露出詫異的表情。

「嗯，還好……」

「而且你的臉色好蒼白。現場一定很慘吧。」

聽到望月小姐關心的聲音，就像水壩潰堤似地，我不知不覺間說出今天發生的事。我在傾吐的期間，望月小姐就抱著蜂蜜蛋糕，一臉嚴肅地聆聽著。

「真的很像笹川的作風。」

我的話告一段落後，望月小姐摸了摸蜂蜜蛋糕的喉嚨。

「早上的湯還有剩，要喝嗎？」

「好……謝謝。」

一會兒後，冒著蒸氣的湯品擺到面前。馬克杯裡盛滿了早上看到的清澈金黃色液體。

「我開動了……」

我呼呼吹氣，慢慢地喝進口中。柔軟的蒸氣瞬間模糊了視野。

含入口中的瞬間，淡淡的鹹味溫柔地包裹了舌頭，很快地轉變為化開一般的甘甜。基底像是雞骨高湯，但喝到一半，生薑清爽的滋味開始浮現出來，後味十分清爽。

「真好喝……」

「謝謝。你能喝到這道湯，是託笹川的福喔。所以你得感謝他才行。」

「嗯，超好喝的。」

「如何？喜歡嗎？」

「什麼意思？」

望月小姐緩緩地微笑，但表情有些僵硬。

「你可以聽大嬸自言自語一下嗎？」

望月小姐清了清喉嚨，靜靜地娓娓道來。

「其實，我在進來DEAD MORNING以前，一直在做看護。我在老人院照顧高齡長輩，雖然有時候值晚班很累，但過得還算充實。不過六年前我母親腦梗塞，無法自理生活了，所以我暫時停掉原本的老人院工作。我小有積蓄，最重要的是我想要陪伴母親。因為我從小就很黏我媽媽。我媽是個非常慈祥的人。」

這突然的告白令我有些驚訝，但聽到望月小姐以前是看護，總覺得難怪。以後我老了，也希望能被望月小姐這樣陽光又溫柔的看護照顧。

「我一直從事看護工作，所以一開始自信滿滿，覺得自己一定可以完美地照顧好自己的母親。最重要的是，我想回報我最愛的母親養育我的恩情。可是，這樣的想法很快就消失殆盡了。」

「怎麼會？妳的話，感覺可以做得很好啊。」

望月小姐輕輕搖頭。我第一次看到她如此無依的模樣。

「我母親的大腦額葉受損了。這是掌管人類感情的重要部位，如果這裡出現障礙，就會變得情緒不穩、忘東忘西，有時個性會一百八十度大轉變。簡而言之，是腦梗塞的後遺症。除此之外，我母親慣用手的身體右半邊也出現麻痺，即使如今回想，那段時間也真的是不堪回首。」

望月小姐摸了一下蜂蜜蛋糕，蜂蜜蛋糕立刻發出撒嬌的叫聲，就像在要求她繼續摸。

「以前個性那樣溫和的她，變得動不動就暴怒，或是像小孩子一樣哇哇大哭。有時候她甚至不肯吃我煮的飯，說我在裡面下毒。還有好幾次，她用自己的排泄物扔我……我到現在都還記得，我在清理被排泄物弄髒的牆壁時，不停地喃喃：『我到底在做什麼？』那段經歷讓我深深地體會到，看著最心愛的人日漸失常，到底有多煎熬。」

如果媽變成這種樣子，我有辦法清掃被排泄物弄髒的牆壁嗎？我連阿嬤都棄之不顧了。

「對於照顧的我，我媽從來沒有說過一句『謝謝』。雖然也是因為後遺症導致性格大變，沒辦法順利用語言表達自己的意思，而且我本身也不是為了要她感謝而照顧她的……但是這樣的日子持續一久，還是會無可避免地被逼到受不了。有一天，我忍不住對她大吼：『妳偶爾也道個謝怎麼樣！』結果我媽用她不靈活的舌頭說：『妳不是我女兒，妳是冒牌貨。』當然，我們在戶籍上是母女，長得也非常像，不管從任何角度來看，都是如假包換的母女。」

「就算是後遺症的緣故，但是被親生母親這樣說，真的很難過呢……」

「真的。就在這瞬間，我對母親的孺慕之情，變成了另一種感情。該怎麼形容才好？義務？不對。或許有點語病，但應該是報復吧。」

「報復」這個詞，與照顧生活扞格不入。我為了掩飾什麼而喝了口湯，湯已經開始涼了。

「我想要透過照顧，讓我媽認清沒有我，她什麼事情都做不到。我會故意拖延，不立刻幫她換尿布，吃飯的時候也不考慮她的速度，直接往她嘴裡塞。我想我一定說了許多侮辱嘲笑的話。所以我才有辦法照顧下去，直到隔年我媽因為心肌梗塞過世。簡而言之，是在報復她帶給我的種種折磨。我這個人真的爛透了呢。」

「妳媽已經過世了？……」

「對。明明一直陪著她，但是喪禮的時候，我怎麼樣都哭不出來。」

望月小姐想要把吃到一半的巧克力放進口中，卻又停手放了回去。

「我是委託DEAD MORNING整理母親的遺物時，認識笹川的。」

我吃了一驚，原來望月小姐原本是委託人。但我不懂這件事與這杯湯的關係。

「第一次看到笹川的時候，我覺得他好瘦，而且態度冷冷淡淡的，擔心真的沒問題嗎？可是他辦事非常細心，沒有任何厭惡的表情。幾個小時以後，我媽的遺物順利地清除消失了。我以為已經要結束的時候，他把幾張報紙和廣告傳單遞給我。一開始我不懂是什麼意思，還以為上面有高級肉大特價的廣告嗎？」

望月小姐的臉上浮現一如既往的笑容，我也忍不住跟著笑了。望月小姐的笑容就是有這種神奇的魔力。

「報紙和廣告單上到底有什麼？」

「那只是普通的報紙和廣告單。只是，上面用歪七扭八的字寫著生薑、香菇、雞骨、鹽等等。就摻雜在原本就有的報導和廣告文字裡，一張又一張，全都寫著一樣的字。我立刻發現那是什麼了。是以前我每次感冒，我媽都會做給我喝的湯的食譜。」

膝上的蜂蜜蛋糕打了個大哈欠，舔了舔望月小姐的手。

「我想我媽雖然受到後遺症所苦，但一定都把我的表情看在眼裡了。和我媽相處時，我的表情一定都很難受，所以她以為我是感冒了，想要為我留下湯的食譜。即使慣用手麻痺了，還是用她的左手留下了這樣的心意。我媽一直在擔心看起來很難受的我……看到那歪七扭八的字時，明明喪禮的時候擠不出一滴眼淚，我卻在笹川面前大哭起來。因為就在這時候，我發現我媽其實一直都是那個慈祥的媽媽。」

「為什麼笹川先生能注意到妳媽的心意呢？」

「當然，笹川看到那些紙的時候，一定也不知道那是我和我媽寶貴回憶的湯品的食譜。可是他應該是覺得其中一定有什麼，才沒有當場隨手丟掉。」

如果是我，一定會當成單純的塗鴉，直接扔了。腦中浮現注視著紙張上歪七扭八文字的笹川。

「笹川對別人非常有同理心。說得更簡單一點，這樣的同理心，或許可以說是溫柔或體貼。」

我以為你是更有同理心的人。

我想起笹川在車上對我說的話。我從一開始就只把那些模型當成垃圾看待，完全忽略了死去的故人曾經非常珍惜它們的事實。我總算領悟，笹川是在對我這樣的態度感到氣憤。

「我會再去跟笹川先生道歉……」

「不必這麼做。更重要的是，你要在明天的現場認真工作。你的話，一定做得到的。對了，還要再來一杯嗎？多喝一點，在天堂的我媽也會很開心。」

我用力點點頭。望月小姐帶著蜂蜜蛋糕，往廚房走去。我眼睛眨也不眨地注視著她的背影。

戶外的空氣一樣寒冷，但多虧了望月特製湯，身體深處暖烘烘的。我一時興起，想去昨天和武田小酌的飛鏢酒吧坐坐。我不想就這樣回家，而且稍微練習一下，提升射飛鏢的技術，也比較不那麼丟臉。

打開貼滿琳琅滿目貼紙的店門，進入陰暗的店內，一群人占領了飛鏢機。沒辦法，我坐到吧台角落，點了啤酒。銅板價的外國啤酒喝起來很水。

出於平時的習慣，我掏出電子辭典。正當我想查一下飛鏢的起源時，聽見了熟悉的聲音。我在射飛鏢的一群人當中發現了武田的身影。

「那傢伙啊，成天帶著髒兮兮的電子辭典，你們說噁心不噁心？這年頭大家都用手機查東西了好嗎？」

武田擲出去的飛鏢理所當然地正中紅心。

「而且他還做清理屍體的打工，簡直是瘋了。沒證照沒學歷的人，真的就只能做這種最低階的工作呢。」

武田語帶玩笑地說完後，身邊的人跟著哄堂大笑。

「就算跟他一起去吃飯，他碰過的菜，我也絕對不會吃。因為萬一有什麼可怕的病菌掉到上面，我才不想被傳染哩。」

旁邊的一人問武田：「那你幹嘛跟那種人混在一起？」

「那傢伙是鄉下來的，帶他來這種地方，他的反應超好笑的，東張西望，手足無措，十足鄉巴佬。最近我會找他，是為了聽他講清理屍體的事。那種骯髒的打工我是不會去幹啦，不過感覺可以拿來用在求職面試上啊。」
注意到的時候，我已經站了起來。椅子被掀倒，在店內發出巨大的聲響。
「原來你是這樣看我的……」
我知道飛鏢機周圍的人全都同時看向我，但我只看得到武田一個人。
「阿航……」
武田的臉僵掉了。
「如果是想要用在求職上，幹嘛不直接跟我說？……你想知道什麼，我都會告訴你。你要瞧不起我是你的自由，可是也用不著當面說好話，背後放冷箭吧？」
我壓抑憤怒，盡力以平靜的語氣說。我覺得如果這麼做，武田就會像平常那樣親暱地和我說話。
武田放下飛鏢，表情僵硬地走過來。我以為他要向我道歉，沒想到下一秒鐘，他一把搶走放在吧台上的電子辭典。
「喂！大家！這就是我剛才說的電子辭典。髒死了對吧？其實我連碰都不想碰。」
武田高舉電子辭典，就像要秀給飛鏢機周圍的朋友看。
「還給我！」
「鄉巴佬少在那裡囂張！你就是只能幹些骯髒活的底層賤民，我肯奉陪你，你就要感謝我了！」
武田執拗地把玩著電子辭典。陌生人的笑聲傳來。武田的側臉露出令人作嘔的下流表情。

「還給我！」

我不該硬要搶回電子辭典的。電子辭典從武田的手中滑落，在地面敲擊出堅硬的聲響。

「啊，對不起～弄掉了～」

我立刻撿起掉在地上的電子辭典，看看液晶螢幕，摔出了一條垂直的裂痕。

「拿去，買一台新的吧。」

我聽到武田的聲音抬起頭，結果一樣東西砸在臉上。一枚五百圓硬幣滾落地上。即使看到這一幕，我也絲毫不感到懊恨。只是身體深處逐漸變得有如深夜大海般冰冷。

「原來是這種感覺啊……」

「啊？你說啥？」

我將螢幕龜裂的電子辭典小心地收進口袋裡。

「武田，求職加油吧。」

「用不著你說，我也會加油。」

「我忠告你一句，不管進入多好的公司，如果你一直是這副德行，總有一天絕對會捅出大漏子。」

就像今天的我——我在心中如此喃喃。

「是是是，鄉巴佬輸不起的話，真是感人肺腑呢。」

「隨你怎麼說吧。還有，你褲子拉鍊沒關。就算在我們鄉下，也沒人敢這樣明目張膽地現寶。」

確定武田慌張地查看褲襠後，我走向店門口。

回家路上，我檢查電子辭典的破損狀況。雖然液晶螢幕裂開了，但似乎還可以正常使用。

我在路燈下停下腳步。沐浴在宛如聚光燈的光中，我慢慢地輸入文字，按下朗讀鍵。

『被水母螫到，知道意外地痛了吧？』

聽著那熟悉的聲音，心情稍微平靜了一些。我從路燈下跨出一步。頭上的夜空，是一大片有如故鄉大海的靛藍色。飄浮其上的月牙就好像貼上去的。

隔天一早就下著雨。雖然不到積水的程度，但柏油路都被淋成了深色。

我比平常更早到DEAD MORNING報到。一看到穿著喪服的笹川出現在玄關，我立刻鞠躬大喊：

「昨天真的很抱歉！」

我突然的賠罪似乎把笹川嚇了一跳：

「……我本來有點擔心今天你不會來了。可是看到你來，我就放心了。」

笹川的聲音恢復正常了。擦身而過時，他輕碰了我的肩膀一下，往自己的辦公桌走去。被笹川觸碰的肩膀好一陣子都暖洋洋的。

我聆聽著〈藍色星期一〉，望著窗外被雨打溼的街景。車窗也布滿了雨珠，就好像透明的小蟲在蠕動。或許是在這份打工看過太多的蛆和蒼蠅，才會這麼聯想。

「今天也由你來和神谷先生交涉嗎？」

笹川握著方向盤低聲問。

「笹川先生的聲音不是變正常了嗎？老實說，我有點怕跟神谷先生打交道……」

「我瞭解你的心情。可是克服這種難關的成就感，或許可以讓你成長。」

絕對不可能。我光是想起神谷先生那張嘴臉，胃就愈來愈沉重。

「這次的現場，應該能讓你學會自己一套抹去痕跡的方法。再說，你也差不多厭倦聽我指揮了吧？」

笹川悠哉地這麼說，我只能無奈地點點頭。

抵達屋子前，也許是因為下雨的關係，腐臭味感覺沒那麼嚴重。取而代之，四下彌漫著垃圾的酸餿味。昨天離去時，神谷先生丟下的話忽然掠過腦際。

搶食屍體的鬣狗。

「淺井，走吧。」

聽到笹川的聲音，我往前栽似地跨出腳步。愈是靠近玄關，想要落跑的心情就愈強烈。

按下門鈴，神谷先生一身與昨天相同的打扮現身了。還是老樣子，看起來好髒。而且眉頭的皺紋比昨天還要深，看起來很不高興。

「早安……我們是DEAD MORNING人員。」

「真是，一臉晦氣。快點動手吧。」

「昨天真的很抱歉，弄壞了令弟的遺物……」

我先為昨天的疏失道歉。低頭看到的玄關脫鞋處，扔著好幾個碳酸酒的空罐。

「要是敢再弄壞東西，我會再砍價啊。就算像昨天那樣提著禮盒上門，我也不覺得高興。總之，我只要便宜就好。而且今天我左手很痛，你們可別搞出太大的噪音啊。」

神谷先生憤憤地丟下這些話，轉身進入裡面的房間。

「禮盒？……」

我望向笹川，他的視線不自然地飄移著。笹川昨天說有事，原來是來向神谷先生道歉。注意到的時候，我已經默默地向笹川行禮了。

花了五分鐘，像平常一樣裝備完畢，進入可以隨時開始作業的狀態。

「我們會套上鞋套，所以會穿鞋進去。」

聽到笹川的報備，神谷先生從一樓自己的房間裡只探出一顆頭，對我們投以無所謂的視線：

「隨便你們。就算找到錢，也不准暗槓起來啊。你們這種人就像鬣狗。」

神谷先生突然皺起眉頭，撫摸左肘前端。就像他剛才說的，或許今天幻肢疼痛特別嚴重。

「我們不會做這種事。」

「廢話！」

遷怒般的一聲怒吼後，紙門「啪」地關上了。

「他的幻肢疼痛好像相當難受呢。以前我在文獻上看到，好像也有人會感受到宛如失去的肢體被壓爛一般的劇痛。」

老實說，我覺得活該。他死去的弟弟，應該也在另一個世界訕笑著。

「總之，開始上工吧。」

笹川一聲令下，我們走上吱嘎亂叫的階梯，來到房間前。站在外面的時候還好，但室內的腐臭相當濃烈。即使都戴了防毒面具，還是會無意識地表情扭曲。

「沒有被汙染的遺物就搬到樓下吧。案主說要拿去賣。」

「怎麼不好好拿去祭拜呢……」

「哎，這是家屬決定的事。而且或許會先祭拜之後再拿去賣啊。」

笹川一如往常，取出一枝香豌豆人造花，放在門前。這景象總教人覺得空虛。就算獻上這種假花，死去的人也不可能開心。

「打擾了。」

笹川拿著藥品噴霧器，打開眼前的門。

首先避開融出的屍水，用掃帚集中地上的蒼蠅和蛹。窗邊也掉了許多死蒼蠅。看來這裡散亂著許多在這個房間出生，一輩子都無法離開就死去的悲慘生命。

「出生，死去，然後又出生，死去。」

我自言自語地將死蒼蠅不斷地倒進塑膠袋裡。完全感覺不到半點重量。

笹川噴完消毒水後，先從搬出房間的遺物開始。小心地取出書架上的光碟和書本，還有大量的模型。我小心翼翼地搬，這次絕對不會再弄掉任何一個。當然，也不會做出偷看裙底風光的行為。

「他好像靠股票賺了不少錢。」

笹川看著取出的書本封面喃喃道。

「現在這個時代，不用踏出房間一步，也可以賺到錢呢。和渾身惡臭、揮汗勞動是天壤之別。」

「股票當沖客也不是那麼容易當的。應該也有人在一天之內，損失掉我們完全無法想像的大筆資金。這個世上，沒有任何工作是輕鬆的。」

「這個人也是為了守護自己的生活在努力嗎？在這麼狹小的房間裡。」

房間連四坪空間都不到，但遺物很多，搬起來大費周章。雖然只是為了清出清理屍水的空間，暫時搬到走廊而已。

「這些東西值錢嗎？……」

依照神谷先生的要求，我們將遺物依值錢或不值錢進行分類。房間有看起來很深奧的書，以及一些生活雜貨，卻沒有任何照片、寄給別人的信，或是有女友的痕跡。

「他生前沒有和任何人交流嗎？」

「世上也有些人追求孤獨。至於是主動變得如此，還是自然而然變得如此，只有問本人才知道了。不過一個人生活很輕鬆的，只需要顧好自己就夠了，也不會有旁人來干涉。這個房間對他來說，或許是全世界最能夠安心的場所。」

聽到能夠安心的場所，我環顧房間。玻璃窗被風吹得空虛地格格價響。

「我才不想像這樣一個人死掉……」

聽到我的自言自語，笹川小小聲地說：

「我無所謂。」

「咦？笹川先生太奇特了。」

「沒這回事。」

遺物陸陸續續被搬出房間外。我打開緊閉的窗簾。

「雨停了……」

曚曨的冬季陽光從窗外射入，照亮了堆積的屍水。

終於要清除殘留在地板上的痕跡了。笹川將堆積結塊的屍水用刮刀慢慢刮起來。

「噴一下那個清潔劑。」

我噴灑指定的清潔劑。笹川用刮刀一刮，裡面溢出赤黑濃稠的液體來，腐臭味再次濃濃地彌漫了整個房間。

「好臭喔……」

「只有表面凝固了。以冬天來說，腐敗的速度很快呢。一般都會變得乾燥，沒什麼味道……應該是因為開著暖氣過世的關係吧。」

笹川教過我，說融出來的人體脂肪會流過地板，擴散開來。如果其中摻雜了血液，感染的風險就會增加。血液和體液的成分是脂肪和蛋白質，如果隨便用水擦，融出的脂肪會隨著水一起擴散，反而會讓汙染更進一步擴大。

「小心不要碰到屍水。」

「好。」

人體當中存在著數量難以想像的微生物，即使宿主死去，微生物也不會隨之消滅。因此為了遇上任何汙染都能見招拆招，笹川會使用許多種清潔劑。

刮去結塊的屍水後，笹川又出動不同的清潔劑，用海綿擦拭殘餘的汙垢。堆積的屍水逐漸消失，隱約透出底下木板地的紋路。

「咦？」

笹川戴著橡皮手套的手捏起一樣赤黑色的東西。那東西約莫糖果大小，黏滿了赤黑色的屍水。

「那是什麼？」

「骨頭。」

「咦？看起來像塗滿草莓果醬的糖果。」

笹川捏起來的物體，完全看不出骨頭原本的白色。

「骨頭留在這裡沒關係嗎？」

「既然都已經留下來了，也沒辦法。警方最先抵達現場的時候沒有帶走的部分，就不算在屍體裡面，所以就算丟掉，也不算觸犯棄屍罪。」

這兩個月之間，我遇到過留下頭髮或指甲的現場，雖然只有一小塊，但這還是我頭一次遇到有骨頭留在現場。

「那塊骨頭也要丟掉嗎？」

「這我們實在沒辦法自作主張。要好好交給神谷先生。不過現在這樣沾滿了體液，也有感染的風險，可以請你把它清理乾淨嗎？」

「真的假的？可是要怎麼清？」

「噴上這個清潔劑，仔細擦乾淨。作業結束之後，再用紗布包起來交給案主。」

笹川把小骨頭放到我的掌心上。骨頭沾滿了屍水，黏答答的。即使隔了一層橡皮手套，還是一樣噁心。

「真的擦了就會變乾淨嗎？」

「這要看你的努力吧。」

「好的，我會把它擦到像鑽石一樣閃亮。」

為了鼓舞自己，我故意說得誇張，朝小骨頭噴射清潔劑。先用戴了橡皮手套的手抹除黏附在表面的屍水。

「媽啊，好可怕……」

「受不了的話，說出來沒關係。這也不算對故人不敬。」

「嗚，沒問題，我會努力。」

覺得用手擦抹已經到了極限，我換成海綿擦拭。由於噴灑的清潔劑發揮作用，附著在表面的屍水漸漸消失了。

「很好，保持下去。」

小骨頭漸漸變成了淡米黃色。

「就算是這樣一小塊骨頭，也是活動身體重要的零件呢……」

「是啊，這是他的一部分。」

「我會努力擦亮它。雖然可能沒辦法跟鑽石一樣閃亮……」

「很足夠了。看你努力擦到連護目鏡都霧掉了，故人一定也會很高興的。」

我輕笑了一下，手上不停地繼續擦骨頭。笹川自己的護目鏡也都霧掉了，但我沒有提起。

房間的清理作業全部結束時，窗外已是滿滿的向晚紅霞。原本堆積著屍水的地板一部分拆掉了，其他部分則露出平凡無奇的木紋。先前由於沾染了屍水的蒼蠅四處飛舞，所以牆壁和窗戶也受到汙染，但現在也都徹底殺菌過了，只剩下潔白的壁紙圍繞著房間。

「總算結束了。」

「是啊，真是工程浩大。」

我和笹川一起環顧著除了射進來的夕陽外，空無一物的房間。

「淺井，你也努力把骨頭擦乾淨了呢。」

「是啊，超有成就感的。」

「這是好事。只有成就感能讓人成長。」

走廊角落，已擦拭乾淨、消毒完畢的小骨頭放在紗布上。除此之外，還擺著電腦、DVD光碟和小冰箱等。還有大量的模型。接下來只剩下將這些東西徹底消毒。

「如果我死了，我生活過的痕跡還有我的身體這些，可以一下子全部消失就好了。如果可以像風帶走沙子那樣，沙沙沙地消失到別的地方，就不會給別人添麻煩了吧。不用整理遺物，就算孤獨死，也不會散發腐臭給別人造成困擾。這個想像如何？不覺得很不錯嗎？」

聽到我的話，笹川大大地伸了個懶腰。早上梳得一絲不苟的油頭都亂掉了。

「我不喜歡這樣。」

「咦？不是很棒嗎？啊，這樣的話，就沒有特殊清潔的工作了嘛……」

「這不是問題。只要不挑，不愁沒有工作。」

「那為什麼笹川先生不喜歡這樣？」

射入的夕陽充溢整個房間。光線的角度讓我看不清楚笹川的表情。

「如果一下子就消失了，不就來不及好好說再見了嗎？」

「或許是這樣沒錯……可是就算不能說再見，也不是什麼大不了的事啊。」

「我不喜歡這樣。總之，接下來只剩下把走廊的遺物消毒，然後就大功告成了。」

笹川離開房間了。我看著他為堆在走廊的漫畫消毒的背影，心想這個人一定有過比我多上好幾倍的與他人道別的經驗。

我在大量堆積的ＤＶＤ噴上消毒液，再用乾毛巾擦拭。

「他喜歡看電影呢。」

只差幾張，就可以將全部的ＤＶＤ消毒完畢時，我在《兇鏡》與《親愛的醫生》這兩張光碟中間發現一張折起來的紙。

「這什麼？」

是列印下來的網站頁面一部分。看起來不像什麼重要文件，但我漫不經心地瀏覽上面的文字，不知不覺間，整個人被吸引了。

「笹川先生，我去一下一樓。」

我不等笹川回話，走下堆滿垃圾的樓梯。因為才剛看過那張紙，心臟怦怦跳個不停。

「記得他說每天早上……」

我重新觀察玄關附近的全身鏡，鏡子有滾輪，看起來易於搬運。未曾謀面的某人不知道懷著什麼樣的心情，每天早上擦拭得晶亮的鏡面，儘管倒映出滿坑滿谷的垃圾，卻是無比地光潔。

結束全部的作業後，我們下去一樓，呼叫裡面房間的神谷先生。出聲叫人之後過了一會兒，神谷先生揉著眼睛出來了。我們在清理的期間，或許他一直躺著休息。後腦的頭髮整個壓得亂翹。

「啊～結束了嗎？」

「清理完畢了。請您上樓驗收。」

「那，有什麼值錢的東西嗎？」

「我們將電腦和ＤＶＤ光碟等分類放在房間前面的走廊上了。故人生前使用的寢具和衣物，則裝在塑膠袋裡。」

「喔，這樣。那傢伙製造的髒東西你們帶回去就行了，其他的遺物全部留下來。我會再檢查一遍，不能賣的就丟掉。」

神谷先生踩出腳步聲爬上樓梯。至少也該慰勞一聲「辛苦了」吧？我努力不讓這樣的不滿表露在臉上，也和笹川一起上樓。

神谷先生掃視了房間一圈，打了個大哈欠。臉上沒有半點感動或感謝。我能感覺到的，就只有事不關己的態度。

「唔，大概就這樣吧。你們可以走了。快點把那身臭味沖乾淨比較好。」

「驗收完畢了嗎？」

「要我講幾次？」

神谷先生不知道是不是受不了我們身上的腐臭味，打開窗戶，立刻就想離開房間。

「那個……」

「幹嘛？」

「最後有樣東西要交給您。」

「給我？值錢的東西嗎？」

「不，是無法換成金錢的東西。」

我前往走廊，拿起用紗布包起來的小骨頭，遞給神谷先生。

「這什麼？」

神谷先生皺起眉頭。

「是令弟的骨頭。是在堆積的屍水裡面發現的。我們擦過並且消毒了。」

「這真的是那傢伙的骨頭？」

「是的。雖然不清楚是哪個部位的骨頭……」

「看起來好髒，簡直像老菸槍的牙齒。」

「我們盡力擦過了……」

「我不要這種東西，隨便你們拿去丟掉吧。」

神谷先生捏起那塊骨頭，整體端詳後，困擾地蹙起眉頭說。

「為什麼？」

「哪有為什麼，我要這種東西幹什麼？就算特地把墓挖開，把這種小骨頭丟進骨灰罈裡，又能怎樣？」

「可是，我們也不方便處理……」

「別那麼死板，跟那傢伙的髒東西一起扔掉就行了。」

神谷先生將小骨頭放在右手滾動似地把玩著。他一動，失去左手的袖口便無依地晃動著。

「我覺得如果隨便丟掉，令弟會傷心的……」

說會支援我的笹川一直默默地站在後面。

「你這小鬼，什麼都不知道，少在那裡自以為是了。我跟那傢伙已經好幾年沒一起吃過飯，甚至沒說過半句話。我們是默不吭聲地在互槓互咬，不可能重修舊好，是所謂的兄弟成仇、手足相殘。可憐的傢伙啊，最後竟然落得要他最恨的人收屍的下場。」

神谷先生一直把玩著掌上的骨頭。我壓抑著退縮的心情，繼續說道：

「令弟開始擦拭玄關的全身鏡，是不是您失去左手以後的事？」

「幹嘛突然問這個？」

「我猜對了嗎？」

「那又怎樣！」

隨著怒吼聲，口水噴到臉上來。我從工作服口袋取出剛才找到的紙張。

「請您看看這個……」

神谷先生把小骨頭塞給我後，粗魯地一把搶過我遞過去的紙。

「我們在整理令弟的遺物時發現的。上面列印的，是幻肢疼痛的鏡像治療資料。」

「鏡像治療？」

「是的。我也是讀到紙上的內容才第一次知道。神谷先生或許也知道，醫界認為幻肢疼痛是大腦無法正確認知到失去的肢體部位，產生錯誤訊號，而導致疼痛。雖然原因似乎尚未完全查明……」

「這麼說來，醫生好像說過這類事情。可是對我太難了，聽不懂。」

「總之，因為感覺疼痛的部位已經不存在了，所以有時候吃止痛藥也沒用對吧？我想這一點神谷先生最清楚。」

「是啊。」

神谷先生哼了一聲。我回想起剛才讀到的報導，繼續說道：

「那張紙上提到有一種緩和幻肢疼痛的方法，也就是鏡像治療。神谷先生的情況，就是把鏡子放在照不到失去的左手的位置，讓鏡子照出右手。鏡中的右手是顛倒的，所以只要調整鏡子的位置，看起來就好像失去的左手又變回來了一樣。看著鏡子的人，只要活動右手，看上去就有如失去的左手在正常活動。簡而言之，就是利用鏡子，讓大腦產生錯覺，感覺失去的部位又重新恢復，來進行治療。雖然效果好像因人而異……」

「所以怎樣？」

神谷先生的聲音變得不耐煩。我用力握緊拳頭說：

「我想令弟看到神谷先生為了幻肢疼痛而痛苦，非常擔心。他得知鏡像療法這種方法，為了在您有機會可以進行這種療法時，不會因為鏡子模糊而沒有效果，才會每天早上擦亮鏡子。」

我一口氣說出自己的推測。一瞬間的沉默之後，是冷冰冰的聲音：

「這是你隨便亂猜的吧？」

「或許吧……可是您說令弟每天早上都一定會擦鏡子，我覺得這樣的行為應該有某些意義。如果他只是想要打掃，感覺這屋子裡還有其他更應該要打掃的地方……」

「囉唆！」

神谷先生將手中的紙捏成了一團，用力砸到地板上。

「拿那種膚淺的話訓人，是想要賺人熱淚嗎？說穿了只不過是你們這群鬣狗的妄想、胡扯罷了！這些鬣狗！給我滾！」

怒吼聲把我罵得萎縮，忍不住回頭，只見笹川正以靜謐的眼神望著我。看到他的視線，感覺心胸某處又燃起了小小的燈火。心中的小火苗瞬間熊熊燃燒起來。

「大叔，我們才不是搶食屍體的鬣狗。」

「啊？什麼？」

「我們是特殊清潔員！」

說完這句話之後，我再也說不出別的話來了。身後傳來小小聲的一聲「幹得好」，笹川從我手中接下小骨頭。

「回到正題，這塊骨頭我們不能帶回去，希望身為故人兄長的您可以把它送去祭拜。我不知道您們兄弟之間發生過什麼事，您也沒有必要告訴我們，但我認為由您處理比較好。這是經歷過許多這類場面的我個人的建議。」

神谷先生對笹川投以打量的眼神，接下了骨頭。然後又放在掌心上像骰子一樣滾動著。

「麻煩死了，就照你們說的，這塊骨頭我就收下好了。不過我會照我的意思處置。」

神谷先生面不改色地轉向打開的窗戶。說時遲，那時快——

泛黃的小物體從高揮的手中飛了出去。剛好就通過窗戶的正中央，被吸入日暮的橘紅之中。

「好——球。」

室內響起不帶感情的拉長聲音。

走出戶外，薄暮開始覆蓋四下。遺物依照案主的希望，幾乎都留在屋裡了，因此廢棄物總共只有五個塑膠袋和拆下的地板。走出屋子後，看到小楓的卡車停在稍遠處。

「廢棄物又少又輕呢。」

「是啊。」

我現在是什麼表情？在見到小楓以前，我勉強揚起嘴角，裝出笑容。

提著塑膠袋的我們走近卡車，今天穿藍色工作服的小楓跳下駕駛座。

「兩位辛苦了。今天只有這些？」

笹川微微點頭，說：

「還有地板跟一些東西，不過很少。」

「啊，這樣啊。因為是笹哥的工作，我以為又要做牛做馬了，真幸運～」

「我可沒那麼會使喚人。」

我漫不經心地聽著笹川和小楓說笑，淡淡地將塑膠袋放上貨斗。

「喔，打工君很勤奮喔。」

「是啊，這點東西，我一個人就行了。」

「是喔？是說，你今天是不是有點陰沉啊？」

「沒有啊。」

「是被女朋友甩了嗎？」

「我又沒女朋友。只是我不像妳那樣，整天人來瘋而已。」

「沒禮貌。不過那麼陰沉，女人也不想靠近吧。」

「妳真的有夠囉唆耶……」

「我總是活力十足嘛。」

將廢棄物全部放上車後，載著小楓的卡車便匆匆揚長而去。我和笹川為了去拿放在庭院的清掃工具，再次回到神谷先生家。

再也不會踏進這裡了吧。

就在我懷著一股複雜難受，卻又豁達清爽的心情撿起清掃工具時，雜草叢生的庭院角落，有一樣東西反射出街燈，亮了一下。

「不好意思，等我一下。」

我跑向那道光，看見剛才被神谷先生扔出去的小骨頭掉在那裡。

「怎麼了？」

「不，沒事。以為有錢掉在地上，結果只是石頭。」

我鬼鬼祟祟地將小骨頭放進口袋裡。完全沒有第一次碰到那塊骨頭時的噁心感，真的很奇妙。

回到事務所沖過澡，笹川邀我去花瓶。

「現在嗎？」

「嗯。喝一杯就好，怎麼樣？」

我很想快點一個人獨處，卻又飢腸轆轆。而且我確實很想念花瓶那味道溫柔的料理。

「只喝一杯的話……」

「好，走吧。」

我暗自決心早點回去，和笹川一起離開事務所。小骨頭現在依然安放在我的口袋裡。

抵達花瓶後，悅子小姐以她一如往常的溫柔笑容迎接我。無論何時見到她，都是那樣地婉約美麗。如果將來我結了婚，有這樣的太太在家裡迎接我，一定每天都過得很幸福。

「晚安。淺井今天看起來好累喔。」

「剛剛下工而已。」

「真的嗎？辛苦了。兩位都要啤酒嗎？」

我和笹川不約而同地點點頭。我忍不住聞了聞自己的手掌。只有廉價的沐浴乳香味。

「今天辛苦了。」笹川說。

「真的……」我應道。

灌進肚子的啤酒，美味似乎稍稍減輕了消沉的情緒。

「你們兩個今天怎麼特別安靜？」

「累了啊。這是勤勞的男人引以為傲的樣貌。小悅也要對我們溫柔一點。」

「好好好，我向來不是都很溫柔嗎？真沒辦法，那麼我就招待兩位筋疲力盡的男士高湯煎蛋捲好了。」

我聽著兩人稀鬆平常的對話，手插進口袋裡，堅硬光滑的觸感確實就在裡面。

「淺井，第一次做委託人的窗口，感覺怎麼樣？」

不知不覺間，笹川已經喝光了啤酒，正在喝裝日本酒的小酒盞。看來只喝一杯的約定立刻就要作廢了。

「爛透了。感覺那個大叔今晚會出現在我的夢裡，害我做惡夢。」

「唔，遇到難搞的人，或許是有些倒楣，但只要繼續做這一行，就很容易遇上那樣的委託人。」

「笹川先生真的很厲害，居然能做這一行這麼久。我實在沒辦法像你那樣心平氣和地面對。」

「我當然也有自己的感受。」

笹川就像平常一樣，穿著喪服。我只看過笹川穿工作服和喪服的樣子。

「我在回程上想到，或許我和那個大叔是同一種人。因為我也等於是拋棄了我阿嬤……」

「你想太多了。我覺得你跟今天的委託人在根本上完全不同。你不管和對方有著什麼樣的血海深仇，都絕對不會把那個人的骨頭從窗戶扔出去吧？」

「什麼啦，一般人才不會那麼做呢。」

也許是醉意稍微上來了，我忍不住笑了出來。

「那對兄弟到底是發生了什麼事呢？既然會住在一起，以前本來感情很好嗎？」

聽到我的問題，瞬間笹川露出遙望的眼神。

「說到底，不管再怎麼親近的人，一輩子都還是不可能瞭解對方真正的想法。因為自己又不是對方，不可能理解對方的心情，也無法打開腦袋來一窺究竟。所以我們總是會有誤會和摩擦，有時候也會落得悲傷的收場。我總是這樣想，所以即使遇上今天這種事，也不會覺得有什麼異常。因為我們本來就是無法相互理解的可悲生物。」

「說得沒錯。除非能夠看透別人的內心，否則我們一輩子都無法彼此理解嗎？」

「我不這麼認為。」

不知不覺間，悅子小姐來到我們前方，將冒著熱氣的煎蛋捲放到吧台上。

「阿笹說的有一部分是對的，但幾乎都錯了。」

悅子小姐平時臉上的溫柔神色消失無蹤，她以嚴肅的眼神注視著笹川。

「什麼地方錯了？」

「確實，或許我們無法窺知別人心底的真心話，但阿笹說我們無法彼此理解，這是錯的。即使不透過語言和動作，我們還是可以依靠其他的手段，確實地彼此理解。」

「妳說的其他的手段是指什麼？」

「唔，這樣說有點害羞，不過就是愛與溫柔這些吧？我和阿笹不是也都瞭解彼此嗎？有時候會覺得我們真是靈犀相通嘛。」

悅子小姐說完這些，便去幫其他客人點單了。接下來笹川沒有再說什麼，一口氣喝光小酒盞裡的日本酒。平時他即使喝醉，也不會表現在臉上，唯獨這時臉頰看起來卻有些紅了。

我們晚上十一點多才走出花瓶。我一直覺得應該要說出口袋裡的骨頭的事，結果卻還是無法啟齒。

「那，明天見。不好意思要你作陪。」

因為一身喪服，笹川的身影幾乎一下子就快融入周圍的黑暗裡。

「笹川先生。」

「什麼？」

「不，沒事。」

笹川沒說什麼，揚起一手，轉身離去。

歸途路上，我想要抄近路，走進大公園裡。周圍有許多樹木，樹葉在夜風中沙沙搖晃著，聽起來就像議論紛紛的八卦聲。

我一直用指頭撫摸著口袋裡的小骨頭。喉嚨渴了，我尋找自動販賣機，發現稍前方有幾台並排在一起。

買了可樂，在附近的長椅坐下。灌入口中的可樂碳酸靜靜地刺激著喉嚨深處。

「你哥哥很讓人火大，口臭又重，髒兮兮的，真是個爛人。」

我觸摸著口袋裡的骨頭喃喃道。如果旁邊有人，或許會以為我是個神經病，但四下無人。

「可是，希望他有時候會想起你。你生前是個怎樣的人？」

我站了起來，在附近的樹木根部挖了個淺坑，然後就像埋下種子一般，靜靜地將骨頭放進去。

「弄壞了你珍藏的模型，真的對不起。」

將挖開的泥土覆蓋到骨頭上。碰到的泥土冰冰涼涼，凍得指頭都發痛了。

「這麼冰冷的地方，比起可樂，喝熱可可比較好吧？」

我再次前往自動販賣機，將買來的熱可可放到埋葬骨頭的樹木根部。熱可可的溫度在手中殘留了片刻。

# 第四章

# 我們的暗號

「總共是四百六十圓。」

打扮成聖誕老人的超商店員對我微笑。

「不用袋子了。」

「謝謝。需要收據嗎?」

我搖搖頭,將買的菸收進口袋走出去。店外還有店員在賣炸雞,這一個打扮成馴鹿。映入眼簾的炸雞看起來像醜惡的肉塊。自從開始做特殊清潔的打工後,我再也沒辦法吃豬肝,最近即使看到肉,也勾不起食慾。

我感受著冰冷的風,前往DEAD MORNING。途中和好幾對情侶擦身而過。我好幾次想要從手牽手的情侶中間穿過去,但實際上只是低著頭從路邊走過去。

打開貼上膠帶的事務所門,裡面還是一樣陰暗,但鞋櫃上裝飾著小小的聖誕樹飾品。

「淺井,聖誕快樂。」

望月小姐一手拿著馬克杯,對著我微笑。我聞到熟悉的即溶咖啡香。

「早安。這棵聖誕樹是妳準備的嗎?」

「對呀。你覺得笹川會對這種節慶有興趣嗎?」

「絕對不會。對了,門上只有膠帶的招牌是不是該換一下了啊?怎麼不做一塊正式的招牌呢?」

我再次望向小聖誕樹,想起門上窮酸兮兮的膠帶。膠帶上用彷彿匆匆寫下的醜陋筆跡寫了公司名稱。

「我也向笹川提議了好幾次，但他說那樣就好。說什麼也不是值得誇耀的公司名……」

「的確，『死亡早晨』聽起來就好不吉利……怎麼會取這麼古怪的公司名啦？如果是我，就會取個更有朝氣的名字。」

感覺有望月小姐在，應該會強制將它換成正式的門牌，但是從我進來打工的時候開始，玄關的膠帶就一直沒變。

「淺井，今天打工結束以後，你有什麼預定？」

望月小姐將幾片餅乾和冒著蒸氣的咖啡擺到我的桌上。

「有幾個女生邀我去約會，但我都說今天要打工，拒絕了。仔細想想，今晚可是難得的聖誕夜，拒絕真是太可惜了。」

「咦？我記得今天的班是你要求要排的啊？」

我假裝沒聽見，啜飲熱呼呼的咖啡。看看事務所的白板，下午只有一件整理遺物的委託。

「今天只有整理遺物的案子嗎？太好了。在如此神聖的日子，如果要渾身惡臭地工作，實在教人委靡不振呢。」

「這名委託人是在兩個月前預約的，特別指定要在聖誕節前一天。」

「咦？這樣嗎？」

「對。我說兩、三天就可以過去處理，但委託人無論如何就是要今天。」

「好奇怪的人。是不是本來要打給聖誕老人，結果打錯啦？」

我咬著餅乾，不經意地瞥了一眼壁鐘，發現已經過了笹川平常上班的時間。

「笹川先生好晚喔。是睡過頭了嗎？」

「今天他請半天假，下午才會過來。」

「這樣啊。笹川先生今天下班以後要做什麼呢？」

我們雖然認識了幾個月，但笹川完全沒有女友的樣子。

「笹川聖誕夜已經有安排了。」

「是喔？笹川先生意外地很受歡迎呢。」

我懷著一絲失敗者的酸葡萄心理說，結果望月小姐把正要塞進口中的餅乾放回了盤子。然後她仰頭就像在環顧事務所，說：

「我不是老跟你說，待在這間事務所，感覺就好像一個人被留在深夜裡嗎？」

「這已經是妳的口頭禪之一了。」

「我這話並不是開玩笑，而是真心這麼想的。」

望月小姐的口吻很嚴肅，筆直地迎視著我。

我說：

「可是換個角度來看，這樣的陰暗也很有氣氛，滿不錯的啊。像東京一些時髦的店，光線都暗到讓人懷疑是不是捨不得電費。而且比起早上，感覺我比較喜歡晚上。」

「確實，人生或許需要面對悲傷和孤獨的寧靜夜晚。可是如果一直蹲踞在那樣的夜晚當中，會在不知不覺間再也無法跨出去。」

「呃……這是在說什麼？」

「早晨並沒有死去。早晨一直近在身邊，等著接納我們。」

望月小姐斬釘截鐵地說道。我左右尋思了片刻，「啊」地拍了一下手。

「望月小姐意思是叫我要求笹川先生把這裡改建，改善採光嗎？交情一久，的確是很難開口要求這種事呢。」

望月小姐誇張地大嘆一口氣，走到廚房去了。

下午一點多，笹川到事務所來了。即使是聖誕節前一天，他依然穿著平時的那套喪服。

「笹川先生，聖誕節快樂。」

「嗯，聖誕節快樂。」

我不著痕跡地觀察他的全身，但似乎沒有帶禮物之類的。

「我聽望月小姐說囉，你今天要去約會嗎？」

「約會？」

「不用裝了啦。望月小姐說你的聖誕夜都已經安排好了。」

「嗯……就類似約會吧。」

笹川淡淡地笑，也許是害臊，沒有再多說什麼。

「真羨慕。在一起多久了？」

「九十五天……吧。」

「居然記得這麼正確的天數，太有心了吧？笹川先生意外地是那種會說每天都是紀念日的人，對吧？」

笹川沒有應話，將身上的喪服掛到衣架上，開始換上工作服。

車窗外的天空呈現混濁的灰。即使會下雨，如果轉為下雪，今晚一定會是個美好的聖誕夜。〈藍色星期一〉淡漠的節奏很適合這樣的陰天。

「我聽望月小姐稍微提到，委託人特地指定要在聖誕節前一天整理遺物對吧？」

「好像是。」

「在滿街都是燦爛霓虹燈的日子，卻要思考遺物的事，不會很令人傷心嗎？」

「即使是聖誕節前一天，悲傷依然會平等地造訪。」

「唔，總之幸好不是特殊清潔的委託。」

「是啊，委託人同意的話，就直接動手吧。電話裡好像說遺物並不多。」

我看了看時間，下午兩點多。如果量少的話，大概不用四小時就可以整理好了。

「是啊，速戰速決吧。」

這時我聞到線香的味道。當然，車子裡沒有焚香，也沒看到這類東西。

「是不是有香的味道？」

「咦？有嗎？」

笹川狀似慌張地點燃香菸，線香的味道立刻就被蓋掉了。

抵達的目的地是一棟高樓公寓。通往入口的小徑，落葉散了一地，一踩便發出乾燥的聲響。自動門的玄關附近鎮坐著塗上金漆的獅子銅像，但仔細一看，塗料處處剝落，塑膠內層暴露在寒空底下，自動門的玻璃也骯髒模糊。

笹川按下委託人的住處號碼，自動門立刻發出拖拉的聲響打開了。聲音大成這樣，就算聖誕老人進來，也立刻就會被發現吧。

穿過宛如過時咖啡廳般的大廳，搭上電梯，按下委託人居住的十五樓按鈕。電梯爬得非常慢。

走出電梯後，是一條鋪油氈布的內廊。採光毀滅性地糟糕，和DEAD MORNING的事務所有得拚，大白天裡卻點著小夜燈。

我們經過彷彿連腳步聲都會被吸收殆盡的內廊。來到最深處的一道門，笹川確認房號。

他指的房間掛著「清瀨」的名牌。名牌就像抽菸室的牆壁一樣泛黃褪色。

按下門鈴，金屬門立刻打開來。從室內探頭出來的是個膚色白皙的女子。雖然不年輕了，但那頭光澤亮麗的中長髮很適合她。

「您好，我們是DEAD MORNING人員，請問是委託人清瀨小姐嗎？」

「是的，我在等你們來。」

清瀨小姐略略頷首，請我們入內。特殊清潔的現場，幾乎都是一打開玄關門，就有蒼蠅和蛆迎接，但這次當然沒有遇到這種情形。幽淡香甜的宜人香味撩撥著我的鼻孔。

相對於公寓蕭條的外觀與內廊，室內明亮整潔。擦拭得光可鑑人的短廊不曉得是不是上了蠟，反射出室內燈的光線。客廳的木板地纖塵不染。低調放置的地毯是深綠色的，與白色木板地相得益彰。面對陽台的大窗戶，可以看到底下宛如迷你模型般的街景。

環顧整個住處空間，感覺東西也不多，僅擺放了幾個樣式簡單，但看起來要價不菲的家具。看到清潔的室內，笹川感動地說：

「好整潔的住處。」

「哪裡，只有一個人，就經常拿著吸塵器晃來晃去。如果有什麼休閒嗜好就好了。」

「這樣不是很棒嗎？我也得向清瀨小姐多多學習才行。」

我聽著笹川和清瀨小姐的對話，再次掃視室內。看到的是簡單而充滿清潔感的各式物品。絲毫不見平時的現場那種典型的混亂場景。

「那麼，您希望整理的遺物有多少呢？」

笹川問道，清瀨小姐稍微別開目光，沉默了數秒。

「呃……他的東西，全部。」

清瀨小姐靜靜地呢喃道，走出客廳。回來的時候，手上握著T字刮鬍刀。

「這裡就像這樣，殘留著他的痕跡。我想要把這些全部丟掉。」

拿起來讓我們看的T字刮鬍刀，顯然是男性用品。

「您想要整理的遺物，是故人留下的生活用品嗎？」

「對。我想數量應該不多。現在屋裡的家具都是我的，除了衣物以外，都是這類瑣碎的小東西……不過多少錢我都會付。」

清瀨小姐再次對我們深深行禮。

「好的。如果遺物數量不多，我想大約四小時就可以作業完畢。這段期間，我們會留在這裡，請問有沒有訪客的預定？」

「當然沒有。可以請你們現在就開始對吧？」

「是的。請先讓我們大略查看一下遺物，我會給您估價。」

「太好了。一定要在今天處理才行。」

清瀨小姐以緊繃的表情決絕地說。

清瀨小姐同意估價後，我們先回去小卡車一趟，帶著裝遺物的塑膠袋和簡單的清掃工具再次折返。

「他是在一年前的聖誕節前一天遇上車禍過世的。對方酒駕，也上了全國新聞。」

就在我和笹川大略查看室內，思考該從哪裡開始著手時，清瀨小姐以淡然的口氣說起故人的死因。

「都已經過了一年了，住處卻和他還在的時候完全一樣，這樣下去不行呢。雖然都說女人很快就能忘記過去的男人，但看來我是個特例。」

清瀨小姐露出受不了自己的表情，環顧室內。

站在旁邊的笹川撫摸了幾下梳攏的頭髮後，沉靜地說：

「這樣說或許唐突，不過即使太陽死去，早晨再也不會造訪，還是可以在黑夜深淵繼續活下去的。」

「……你的安慰真有意思。」

「我是真心這麼想的。夜晚的黑暗會抹去一切多餘的事物。要擁抱悲傷，需要這樣的場所。」

清瀨小姐一直握著T字刮鬍刀。我伸手要接，但清瀨小姐只是默默地看著我的手掌。

「怎麼了嗎？」

「不……」

「啊，我的手髒了嗎？」

「沒有，很乾淨。」

T字刮鬍刀沒有被交到我伸出的手中。壁鐘秒針前進的滴答聲清晰地在室內迴響著。不久後，清瀨小姐慢慢地開口了：

「還是不要好了。不要整理了……」

這次輪到我們沉默了。

「給兩位添麻煩了。我會付車馬費。」

「估價是免費的，請不用費心。如果還有需要，請隨時打電話過來。」

笹川只說了這些，便收拾帶來的打掃工具，行禮之後，打開客廳的門。

「真的要回去嗎？」

「嗯。她還需要一點時間來調適心情。」

我們經過光亮的短廊，前往玄關。玄關處，細長的花瓶裡只插了一枝冬青的枝條。感覺摸了會被刺傷的有尖刺的葉子之間，結著數顆紅色的果實。裝飾在花瓶旁邊的聖誕樹，上面寫著一年前的年號。

「清瀨小姐。」

到玄關來送客的清瀨小姐聽到我的聲音，抬起頭來。

「聖誕快樂。」

很快地，我聽見厚重的玄關門關上的聲音。

等待電梯期間，冬青紅與綠的對比，以及T字刮鬍刀的殘影在腦中浮現又消失。

「她說想要全部丟掉，但其實還是捨不得丟呢。留在那個房間的生活痕跡，對清瀨小姐來說，算是她的某種支柱嗎？……」我說。

「就算緊抱著遺物不放，也沒有意義。畢竟人死了就無法復生。」

電梯遲遲不來。燈號一直停在四樓。我呆呆地看著那燈光，聽見笹川的手機來電鈴聲。

「喂，我是笹川……是，是的，地點呢？現在嗎？」

我有了不祥的預感。或許是新的委託。我默默地等待笹川掛斷電話。不出所料，笹川對我聳了聳肩：

「是跳樓自殺的清潔委託。現場距離這裡應該不到二十分鐘車程。」

「現在就去嗎？」

「對。好像是從公寓頂樓跳下去，當場身亡。顧慮到居民的觀感，對方要我們盡快過去。」

「我還沒遇到過跳樓自殺的現場……」

「地點是戶外，和室內相比，花不了多少時間。不過地面都是噴出來的腦漿和鮮血，所以比一般的現場更血淋淋。」

「真的假的……我的聖誕節不是白色的，而是紅色的喔……」

電梯燈號升至十樓，靜止了老半天。剛才還希望電梯快來，現在卻完全相反。

就在電梯總算抵達，我們正要走進去時，傳來門把猛然轉開的聲音。

「請等一下！」

清瀨小姐連鞋子也沒穿，赤腳從住處跑出來，上氣不接下氣地跑到我們前面。腳趾甲上的綠寶石色彩顯得格外鮮明。

「我以為你們已經走掉了……」

「電梯一直不來……」

清瀨小姐調勻呼吸，撩起長長的劉海：

「我還是想要請你們在今天整理。」

「很抱歉，我們剛才接到臨時的緊急委託……」

「拜託。我知道我這樣太任性了，可是我想要在今天整理。拜託！」

清瀨小姐的聲音聽起來迫切極了。笹川面露思索的表情，碰了碰我的肩膀。

「好吧，那麼他留下來處理。我也會在幾小時後過來會合。在那之前，如果有什麼需求，都請告訴他。」

「我一個人嗎？……」

「對，你可以勝任的。就一邊整理，一邊詢問清瀨小姐東西是要丟掉還是留下。」

笹川交代完後，便坐進電梯了。電梯門不順暢的嘎嘎關門聲在陰暗的室內走廊迴響著。

「呃，我還是新人，還請多多包涵。」

聽到我的話，清瀨小姐沒說什麼，深深行禮。她的影子在鋪油氈布的走廊拉得長長的。

進入室內，首先從衣物開始丟起。臥室角落有走入式衣櫃，用衣架吊掛著形形色色的衣物。當然也有女性服飾，但有一半都是尺寸較大的男性衣物。

「……真的可以丟掉吧？」

「是的，麻煩你。」

我拿了幾個疊成兩層的塑膠袋，進入走入式衣櫃。

「好香喔。這裡面收著一整年都沒人穿的衣服，卻完全沒有霉味或溼悶的味道呢。」

「已經沒有人穿了，我卻會定期清洗或送洗，真的很傻對吧？」

幾乎所有的男性衣物都套著防塵套。每一件看到的襯衫都燙得筆挺，T恤類則是折得整整齊齊，保管在收納箱裡。

「妳非常珍惜它們呢。」

「不是的。清洗和送洗這裡的衣物，已經成了我的生活的一部分，我只是沒辦法一下子說停就停。可是，今天就結束了。」

聽到這話，我將男性衣物逐一裝進塑膠袋裡。不知不覺間，清瀨小姐也拿起故人的衣物。

「我從來沒有想過，在我的人生當中，會有丟掉這麼大量衣物的一天。而且還不是我自己的衣服。」

「您不用勉強幫忙，我會全部處理好。」

「沒關係。而且像這樣盡情丟一通，也滿痛快的。」

掛在衣櫃裡的衣物一件又一件消失了。故人的衣物多半款式簡單，顏色也幾乎都是黑色或深藍色。

「很多大同小異的衣服對吧？」

「是啊。」

「他對平日的服裝漫不經心。不過對領帶特別講究。」

有一個衣架吊掛著大量的領帶。有布滿動物圖案的領帶，也有色彩繽紛的點點領帶。

「他喜歡花稍的領帶是嗎？」

「是啊。而且他在職場，上午和下午好像會換上不同的領帶。明明這種孩子氣的領帶，不管換多少條，都不可能贏得女員工的青睞。」

清瀨小姐以好笑的口氣說完後，拿起一套衣物，面無表情地注視著。是一件紅色的夾克。不是鮮紅色，而是帶點褐色的紅，就像黃昏的色彩。

「這件衣服，是他生日的時候我送給他的。」

「很素雅，很不錯呢。」

「就是說吧？可是他只穿了大概兩次而已。」

很快就傳來紅色夾克被扔進塑膠袋的聲音。

「明明就很適合他，可是好像不合他的品味。」

我假裝沒聽見，默默地繼續整理。拿起來的每一件衣物都沒有半點髒汙，散發出淡淡的洗衣精芳香。

不到三十分鐘，走入式衣櫃裡的故人衣物就消失了。取而代之地，周圍散落著大量塞得圓滾滾的塑膠袋。

「原來會變得這麼空。不快點買新衣服來掛，衣櫃就太可憐了。」

清瀨小姐不曉得是否看開了，一直對我說個不停。但即使看她的表情，也分辨不出那只是強顏歡笑，或是真的心無罣礙了。

「看到這個衣櫃，你應該也可以感覺到，他是那種對感興趣的事物，會追求到極致的人。但是對於不感興趣的事，就一切都無所謂，像是平常穿什麼都可以，但領帶非得是他喜歡的款式不可……是最難搞的那種人。」

「確實，光看衣櫃，就可以看出他對領帶有著非凡的熱愛。」

「其他像是他說錢包非要用真皮長夾不可，買了很貴的皮夾，可是真的開始使用，收據和廢紙什麼的全都塞在裡面不整理。還有，內衣褲穿的是混真絲的名牌貨，褲子穿的卻是沾到拉麵湯汁的髒牛仔褲。」

「真不懂他講究的點在哪裡呢。」

「真的。發生夾克那件事以後，送東西給他以前，我都一定會先問他想要什麼。一點驚喜都沒有。」

「如果是我，不管收到什麼樣的禮物都會很開心。」

「一般人都是這樣吧？像你這種年輕的孩子，沒心機是最好的。可千萬不要變成他那種怪裡怪氣的大人喔。」

一開始我覺得清瀨小姐是個成熟洗練的女子，但聊著聊著，我眼中的她成了個坦率不造作的人。

「接下來要整理哪裡？」

「洗手間和廚房好了。」

洗手間有一面擦得亮晶晶的鏡子，倒映出一身工作服的我和清瀨小姐纖瘦的身體。

「這裡也都打掃得很乾淨呢。」

洗臉台上除了漱口水和牙膏以外，各擺了一支紅色與綠色的牙刷。

「連牙刷都保留原狀嗎？」

「嗯，真的很丟臉。他的是綠色那一支。」

我徵求許可後，將綠色牙刷丟進塑膠袋裡。洗臉台上還有刮鬍泡和外國品牌的鬍後乳液。

「他皮膚很敏感，常常刮完鬍子就紅癢。」

「如果什麼都不知道，看到這個洗手間，會以為您和別人住在一起呢。」

「或許吧。這種女人很恐怖對吧？」

「不會……呃……衣服捨不得丟，我大概可以理解，但連牙刷和鬍後乳液這種消耗品都保留了一年，這樣的委託人真的很少見。」

「就是說呢。如果看到別人過著我這種生活，我一定會不顧自己，覺得對方太誇張了。」

清瀨小姐拿起電動刮鬍刀，毫不猶豫地丟進塑膠袋裡。

「今天能夠立下決心整理，真的太好了。我就是為了避免決心半途動搖，才會在兩個月前預約……」

「我也會努力到最後一刻。其實這是我第一次一個人負責現場。所以清瀨小姐對我來說，也是值得紀念的委託人。」

清瀨小姐聽到我的話，靜靜地點了點頭。故人過去使用的生活用品，漸漸地從洗手間消失不見。

整理完洗手間的遺物後，接下來轉戰廚房。爐台沒有半點油汙，水槽就像鏡子般閃亮。大型餐櫥櫃裡排列著特地分裝到統一容器的調味料，樣式簡單的餐具就像裝飾品般擺飾在那裡。

「廚房也有故人留下的東西嗎？感覺這裡是您的地盤。」

「什麼話，他最講究的物品，就在這個廚房裡。」

清瀨小姐打開餐櫥櫃的門，取出各式物品。我認得那些看起來像實驗工具的東西。

「啊，我知道他最講究的是什麼了，咖啡對嗎？」

「猜對了。那真的是一種病了。有段時期，我真的擔心他會不會突然說要辭掉工作，跑去開咖啡廳呢。」

清瀨小姐接二連三從餐櫥櫃裡取出手動磨豆機、濾紙、陶瓷濾杯、就像理化課用的那種有刻度的咖啡壺等等。

「你也會自己沖咖啡嗎？」

「呃……老實說，我只沖過幾次。剛來東京時，我覺得像朋友來玩的時候，如果用手沖咖啡招待一定很酷，所以就買了一整套用品……但後來覺得實在太麻煩了，一下子就擺著生灰塵了。」

「對吧？只是沖一杯咖啡，也得大費周章，而且也需要技術。最近超商的咖啡就夠好喝了。」

「更進一步說的話，比起咖啡，我更喜歡可可亞和紅茶，覺得比較順口。」

餐桌上擺滿了琳琅滿目的咖啡用品。濾杯和咖啡壺有好幾種，還有溫度計和電子秤。

「他說，咖啡的味道關鍵在於烘豆。附近有家會自己烘豆的咖啡廳，他很信賴那裡的老闆，總是去那家店買豆子。」

「那真的很講究。」

「還得意洋洋地說烘好第五天的豆子味道最棒。咖啡豆也是，明明一次買多一點比較輕鬆，他卻說那樣會不新鮮，只在星期一和星期五買個幾杯份的豆子。」

「從烘豆就開始嚴選嗎？他真的很愛咖啡呢。」

「我們第一次約會的地點，就是去行家喜愛的那種咖啡廳。他在那裡請我喝了一杯一千兩百圓的咖啡。一千兩百圓！都可以吃頓像樣的午餐了。」

清瀨小姐從裝咖啡豆的小瓶子裡取出一顆豆子，放在餐桌上滾動著。

「他一有空就拿買來的豆子自己調配方，為了味道好壞忽喜忽憂。」

「可是，平日就可以喝到這麼講究的咖啡，真羨慕清瀨小姐。」

聽到我的話，清瀨小姐慢慢地搖頭：

「我也沒喝到幾次。因為他很在乎豆子的新鮮度，只沖自己要喝的份。」

「咦！太可惜了吧？」

「很小氣對吧？不過他只在某個時候，一定會沖咖啡給我。」

「生日或紀念日嗎？」

「他才不記得這種日子呢。每次吵架，彼此覺得差不多該言歸於好的時候，他就會默默地沖咖啡給我。那就是握手言和的暗號。」

餐桌上的咖啡豆顆粒碩大飽滿，是很漂亮的淡褐色。

「一起喝咖啡來重修舊好，您們的關係好風雅喔。」

「對我們來說，只是平凡的日常罷了。那種時候，他會特地去買新的咖啡豆。

不愧是特別講究，真的很香。」

清瀨小姐清了一下喉嚨，將拿到餐桌上的各種咖啡用品丟進塑膠袋裡。我也默默地幫忙。

「再也喝不到他沖的咖啡了呢。」

裝在小瓶子裡的咖啡豆被丟掉，在塑膠袋裡傳出乾燥的聲音。

最後是整理留在客廳的遺物。清瀨小姐毫不猶豫地將各種遺物丟進塑膠袋裡，不敢相信先前她還一度打消整理的念頭。

窗邊有個小書架，整齊地收藏著許多書本。沒看到小說或漫畫，幾乎全是咖啡相關書籍。其中還有幾本辭典。

「我完全不讀小說那類，不過總是隨身攜帶辭典。」

「真的嗎？這年頭很少見呢。」

「說是辭典，也是電子辭典啦。已經變成一種習慣了。」

「習慣啊。這麼說來，他都隨身佩戴腕錶，連洗澡的時候也不解下來，我叫他拿下來，他就說手錶防水沒關係，堅持不肯拿下來。」

清瀨小姐從小物盒之一取出款式休閒的腕錶。錶面龜裂，秒針靜止。

「明明錶不離身，每次跟他約在外面，卻總是遲到。」

清瀨小姐瞥了一眼壞掉的腕錶，丟進塑膠袋。

「那是他一直戴在身上的東西吧？這麼輕易丟掉沒關係嗎？」

「沒關係。反正壞掉的錶也沒用了。」

接著清瀨小姐取出幾本相簿，將裡面幾張照片丟進塑膠袋裡。我瞥了一眼照片，一名穿白襯衫的胖男子對著鏡頭露出笑容。

「他看起來人很好。」

「會嗎？像這樣重新看到以前的照片，就發現他的頭髮一年比一年稀疏呢。」

清瀨小姐慢慢地撫摸著照片。手指甲和腳趾甲一樣，抹著寶石綠的指甲油。

「或許我這是多管閒事，但您是否在勉強自己？」

聽到我的話，清瀨小姐停下了手。

「為什麼這麼問？」

「呃……只是這麼覺得。」

「如果不勉強自己，我永遠無法改變。我並不是想要把和他一起共度的日子當作不曾發生過，這就像是一種儀式。」

「可是……」

「總之，我好不容易下定決心了。」

在清瀨小姐催促下，我也幫忙丟掉相簿裡的照片。有在外國街角拍攝的照片，也有日常生活的一景。每一張照片裡，胖男子都笑容滿面。

「我們交往了八年。」

「好久喔。光看照片，也可以看出是一段美好的時光。」

「是啊，說到八年，都可以辦兩次奧運了。意外地一晃眼就過去了。」

「長達八年都一直愛著一個人，總覺得好厲害。」

聽到我這話，清瀨小姐沉默了。我擔心自己是不是得意忘形失言了，腋下冒出冷汗。

「……可是，我漸漸想不起來他的臉了。日子一天天過去，我也愈來愈難想起他的樣貌。所以我覺得必須好好地為這樣的生活劃下句點。」

「這樣啊……」

「當然，只要看到他的照片，就可以清楚地想起他，可是他在我心中的形象卻變得愈來愈模糊。能夠明確地想起來的，就只有部分的細節。像是鼻子的形狀、痣的位置、牙齒這些。明明都在一起八年了，真的好奇怪。連我自己都不明白我究竟是想要忘記，還是想要想起來。」

聽到清瀨小姐的話，我也試著想起阿嬤的臉。可是不管再怎麼努力，都只能想到遺照裡的表情。

我注視著相簿裡剩下的照片。故人依然是那張笑臉。

「而且，我會回心轉意，決定還是在今天整理遺物，是因為你剛才對我說聖誕快樂。」

「咦？這樣嗎？」

這意外的話讓我瞪圓了眼睛。

「嗯，因為你讓我想起了今天是聖誕節前一天。」

我含糊地點點頭，繼續整理遺物。接下來清瀨小姐一次也沒有停手，將相簿裡的照片丟掉了。

放在電視櫃上的皮革長夾變成了一種難以形容的色澤。要花上多久的歲月，皮革才會變成這種顏色？我拿起皮夾，沉甸甸的。而且收據都從鈔票夾層跑出來了。日期是過世前一天。

「抱歉，我以為裡面已經沒有錢了，所以碰了故人的皮夾。如果要丟掉的話，請把裡面的錢拿出來吧。」

正在整理書架的清瀨小姐停下手，瞥了我手中的長夾一眼：

「可以直接丟掉嗎？」

「咦？可是裡面還有錢……」

「沒關係，也沒多少錢。收據和卡片都塞在裡面，所以感覺很重而已。」

「真的可以嗎？」

「嗯，拜託，我想在今天把他的東西全部丟掉。」

我依言要將色澤變得極有味道的皮革長夾丟進塑膠袋，又停下了手。

「我這人經常得意忘形，犯下過錯，被人家在背後批評完全就是時下的年輕人。」

「怎麼了？突然說這個……」

我俯視張開大口的塑膠袋裡面。裡面散落著許多從各種場面裁切下來的胖男子。每一張照片都笑得很開心。

「上次我也因為不小心而損壞了遺物。那個時候我覺得反正馬上就要丟掉了，弄壞也無所謂……事後我反省了一番，覺得非常後悔。然後我有了一個體悟。」

「什麼體悟？」

「我正在做的，並不是把不要的東西廢棄處理掉。」

瞬間，清瀨小姐別開目光，低下頭去。我看著這樣的她，刻意以玩笑的口吻接下去說：

「最近我有點怪怪的。像這樣在曾經有人生活過的空間清掃，會在某一瞬間，覺得好像聽到了那個人的聲音。明明生前從來沒有見過，也不曾交談過。是特殊清潔和遺物整理工作做太多了，有了超能力嗎？」

就這麼巧，這時書架突然掉下一本咖啡雜誌，就好像有人在應和我。清瀨小姐看也不看聲音的方向，小聲地說：

「聽到聲音？……可是他已經……」

「我覺得有些聲音，只是豎耳聆聽是聽不見的。這話是別人告訴我的啦。說這種話還是很奇怪呢。」

清瀨小姐好像這才發現，撿起剛才掉下來的咖啡雜誌，丟進塑膠袋裡。

「我覺得他不會跟我說什麼。」

「為什麼這麼想？」

清瀨小姐目光遙望，小小聲地說了起來：

「其實，在他過世四天前，我們大吵了一架……後來就幾乎沒有說話了。我們在無法向對方道歉的情況下，就這樣天人永隔了。」

清瀨小姐把手伸向整理到一半的書架。抽出辭典的那隻手微微地顫抖著。

「邂逅一個人，或許其實是很悲傷的事。」

我聽見這樣的呢喃聲。我完全無法回話，將手裡的長夾丟進塑膠袋裡。

作業全部完成時，時鐘的指針來到下午五點。

「以為東西不多，其實滿多的呢。」

玄關口堆了好幾個塑膠袋。環顧房間，剩下來的確實只有女性的物品。

「這算少的了。因為沒有大型家具，而且清瀨小姐也來幫忙，所以才可以這麼快就結束。」

「這樣啊。哪裡，我才要謝謝你。」

後來我們除了公事公辦的對話以外，沒有多說什麼，默默地進行作業。也許是因為這樣，遺物比預期中更快整理完畢。望向窗外，眼下的柏油路面溼溼的。笹川正在如此潮溼的空氣裡，在某處淡淡地進行清掃工作嗎？

一只冒著蒸氣的馬克杯擺到餐桌上。可可的香氣擴散在整個室內。

「你說你喜歡可可對吧？」

「謝謝，我就不客氣了。」

我在餐椅坐下，專心一意地喝起熱可可來。坐在對面的清瀨小姐只是放空地看著窗外。

「街上滿滿的聖誕節色彩呢。」

「是啊。你是不是其實想要跟女朋友出去玩？」

「其實每年聖誕節我都一個人過。和另一半手牽著手走在霓虹燈當中，這對我來說就像是都市傳說。」

我刻意語帶玩笑地回應，設法減少這尷尬的氣氛，但清瀨小姐再次望向窗戶：

「我知道這很唐突，實在不好意思，但你看過各種死亡現場，我可以問你一個問題嗎？」

「如果我能回答的話。」

「這個問題有點幼稚，你覺得死亡是怎麼一回事？」

托著腮幫子的清瀨小姐注視著手上的指甲油說。

「死亡嗎？」

「對，死亡。」

「老實說，我不知道。在我經歷過的現場中，死亡也有各種不同的種類。有人受到家人深愛，也有人在孤獨之中死去。也有人是自我了斷……」

「也就是說，沒有完全一樣的死？」

「嗯。所以我沒辦法說死亡就是怎麼樣。可是……」

清瀨小姐定定地注視著我。

「有件事我可以明確地告訴您，那就是過世的人，他們活過的痕跡總有一天會消失不見。」

房間裡安靜得彷彿可以聽見冰箱的馬達運作聲。不久後，清瀨小姐慢慢地開口：

「廁所的馬桶，馬桶蓋總是放下來的。還有，洗完澡後，換氣扇也不會忘記打開了。」

「什麼意思？」

「是我和他住在一起的時候，總是會特別叮嚀他的事。每次注意到這類微不足道的小麻煩徹底消失，我就體認到他已經死了。真的是一點都不浪漫呢。」

由於機型老舊的空調吐出來的暖和微風，臉頰不知不覺間變得熱燙燙的。在這樣的房間裡，傳出細微的嘆息聲。

「其實我們原本預定在去年聖誕節登記結婚。交往了大概八年，真的應該早點決定呢。」

清瀨小姐從椅子站起來，消失在寢室裡。回來的時候，她的手上多了一只寶石綠的小盒子。

「這是他留下來的最後一樣東西。」

打開小盒子，裡面裝著兩只大小不同的銀戒。

「是婚戒嗎？」

「對。可是他沒有直接交給我。因為它被藏在走入式衣櫃的角落。」

在盒子裡閃耀的戒指反射著室內燈的光線，熠熠生輝，讓人看了幾乎心痛。

「好漂亮。」

「我從來沒有把它們拿出來過，當然也沒有戴過。所以是全新的。」

戒指的款式很簡單，中央小小的鑽石燦爛閃爍。

「剛才我不是說，在他過世四天前，我們大吵一架嗎？就是為了這個戒指。」

「為了款式爭吵嗎？」

「不是。遺憾的是，他對戒指沒興趣，戒指的款式是我決定的，他完全沒有反對。」

「那，為什麼……」

清瀨小姐慢慢地闔起小盒子。

「款式決定以後，後續事宜我讓他跟店家接洽——半強制性的。因為我以為這樣一來，他也會多少關心一下戒指。」

我輕輕點頭。

「戒指順利完成了。但是我們一起去店裡領戒指時，卻大吵一架。」

「出了什麼事？」

清瀨小姐仰頭看了一下天花板，又輕嘆了一口氣：

「對我來說，去領戒指的日子，在人生當中也是很特別的一天。所以我想要打扮得美美地出門……但是看看他，睡得亂翹的頭髮居然也沒整理，還穿著有時候拿來當睡衣的連帽T……」

「這還真是……率性……或者說完全沒在想……」

「最可惡的是，他甚至不肯為我打一下他那樣講究的領帶。一想到他對這個日子真的半點興趣都沒有，我真是氣到不行，抓起他的寶貝咖啡豆扔過去。」

「節分以外的撒豆子活動啊[2]？」

「你真幽默。真的就是這樣。我那時候的憤怒，不是喊著『鬼在外』，把對方打出去就可以解恨的。我真的很想把他剝個精光，扔進北極的冰川裡。」

清瀨小姐嘴上說笑，卻一臉索然地盯著裝戒指的小盒子。

「他看到珍惜的咖啡豆被那樣亂丟，也動怒了。結果那天我們沒有去領戒指。後來直到他過世的四天之間，我們連一句『早』、『我回來了』、『開動了』這樣簡短的話，都沒有交談過。」

「可是，戒指怎麼會在這裡？」

2. 日本有在節分（立春前一天）撒豆子驅邪的習俗。此時會一邊撒豆，一邊說「鬼在外，福在內」。

「應該是他一個人去領的吧。也許是想要等到我氣消的時候再拿給我。」

天花板隱約傳來小孩跑來跑去的腳步聲。我們之間就是如此沉默，安靜到甚至能清楚地聽見這些聲音。

「如果要形容這一年，就好像追了好久的劇，卻錯過了最後一集，而且永遠都不會重播了。所以為了忘掉這種感覺，我要在今天丟掉這個戒指。」

清瀨小姐拿著小盒子，站了起來。

「因為我再也想不起來他的聲音了。」

我的目光無法從指甲油與小盒子同色的她的手指離開。就像要遮斷眼前的景象似地，鼓膜深處忽然傳出小東西滾動的聲響。剛才瞥見的皮夾裡跑出來的收據忽然掠過腦海。

「請等一下。」

「怎麼了？」

「請不要把戒指丟掉。」

我霍地站起身來，不小心把空掉的馬克杯弄倒在餐桌上。

「已經無所謂了。事到如今不管怎麼想……」

「您說你們是在他過世的四天前吵架的，對嗎？」

「對……」

我跑向堆在玄關的塑膠袋，打開其中一個，伸手探進去尋找目標物。總算摸到柔軟的皮革觸感後，將它抓出來，折回餐廳。

「不好意思！」

我打開皮革長夾，掏出塞在裡面的大量收據，立刻找到要找的一張，高高舉起。

「您看，日期是他過世前一天。」

清瀨小姐接過收據，看著上面列印的文字。

「咖啡豆的收據……」

「應該是想要和清瀨小姐和好才買的。」

「可是，也有可能是買來自己要喝的……」

「收據的日期是星期三。故人應該都在星期一和星期五買豆子對吧？所以這份咖啡豆是為了清瀨小姐而買的。」

清瀨小姐再次望向收據，似乎又從頭細看起來。

「除了他過世那天以外，應該還有更多更多您可以想起他的日子才對，所以請不要說邂逅一個人是悲傷的事！」

一年份的收據散落滿桌。片刻沉默之後，我聽見吸鼻涕的聲音。

「為什麼是他？」

「咦？」

「為什麼那個人要酒駕？為什麼他要在那個時間開在那條路上？最後他很痛嗎？我滿腦子不斷地想著這些問題。都已經過了一年了，還是……」

房間裡，無從回答的疑問決堤而出。我找不到回應的話，只能默默無語。

「可以讓我獨處一下嗎？」

我點點頭，清瀨小姐握著小盒子和收據，消失在寢室裡。

笹川現身的時候，下個不停的雨停了。後來我也不好在清瀨小姐的住處等待，便呆坐在公寓大廳的沙發上打發時間。

「真的很慘，作業期間雨一直下個不停，手都凍僵了。」

「辛苦了。這邊的遺物整理算是結束了……」

「你也辛苦了。那，小楓在外面等，把要處理的遺物搬出去吧。」

「好的……可是，清瀨小姐說想要一個人獨處……」

我說明狀況，這段期間，笹川摸了梳攏的頭髮好幾次。

「這樣啊。我來跟她談談，你在這裡等吧。」

笹川留下這話，坐上電梯了。看到顯示樓層的燈號停在十五樓後，我再次坐到沙發上，很自然地取出電子辭典，按下朗讀鍵：

『電梯爬得這麼慢，聖誕老人的禮物會送不完。』

熟悉的合成人聲在寬闊的大廳迴響著。

一會兒後，我聽見電梯抵達的聲音。轉過去一看，笹川雙手提著裝遺物的塑膠袋。

「她說遺物全部丟掉。我從房間裡搬出來，你幫忙搬到卡車去吧。」

我點點頭，從笹川那裡接下袋子。一想到現在手上的塑膠袋裡或許有被丟棄的婚戒，胸口深處便刺痛了一下。

走出戶外，感受到凍入骨髓的寒意。清澈的夜空上閃爍著燦爛的星星，就好像散落的麵包屑。小楓的卡車停在離公寓稍遠的地方。如果現在我手中的袋子是白色的，看起來或許也像是穿著工作服的聖誕老人。我想著這些，敲了敲駕駛座的車窗。

「小楓，辛苦了。聖誕節快樂。」

打開車門下車的小楓抱住自己的身體禦寒。

「穿工作服、拎黑色垃圾袋的聖誕老人，才不會有人想靠近。」

「妳不是靠近了嗎？」

「少在那裡貧嘴了，快點搬上車吧。啊～冷死我了。」

在小楓催促下，我將裝著遺物的塑膠袋放上卡車。卡車吐出的油臭味與冰冷的空氣混合在一起，讓我想起老家冬天都會點燃的石油暖爐。

「這麼美好的日子，你的表情怎麼這麼陰沉？」

「不就跟平常一樣嗎？是世人興奮過頭了。就算是聖誕節前一天，悲傷還是會平等地造訪。」

我模仿笹川的話。將遺物堆上車的期間，心情一直沉重無比。

「你今天有什麼預定嗎？」

小楓唐突地問。

「沒有啊。」

「我想也是，你這種人聖誕夜才不可能有約會嘛。看你可憐，工作結束後要不要一起去吃個飯？」

我回頭看小楓，她正搓弄著工作服的袖口，頭垂得低低的。平時高高在上的態度不知道消失到哪去了，遲遲不肯與我對望。

「拒絕妳就太可憐了，我可以賞臉奉陪。」

「什麼意思？人家好意邀你耶。總之工作結束後，到之前你去還A片時遇到我的十字路口等我。」

「呃，好。我想晚上八點應該可以到。」

「可別遲到囉。我最怕冷了。」

接下來我一次都沒有和小楓對望，再次往公寓走去。

在公寓入口和卡車往返幾次，就把要處理掉的遺物全部搬上卡車了。小楓沒有理我，和笹川說笑拌嘴，就好像剛才沒有約好要去吃飯的事一樣。

「笹哥，謝謝你囉。那，聖誕快樂！」

卡車載著小楓，發出隆隆巨響離去了。

「你怎麼了？表情怪怪的。」

「沒事，好像臼齒卡到東西。」

我撒著無可救藥的謊，克制住幾乎要怪笑起來的表情。

「淺井。」

「什麼事？」

「清瀨小姐說要找你。」

「咦？要客訴什麼嗎？」

我想像起一個人關在房間裡的清瀨小姐的身影，一陣難過。

「不曉得，去就知道了。」

「笹川先生也會陪我一起去吧？」

笹川慢慢搖頭：

「雖然我也幫忙了，但這是第一次交給你全權處理的現場，你要一個人去。」

「可是……」

「文件已經請她簽名了。我在小卡車那裡等你。如果不握著熱咖啡罐，感覺手都快凍僵了。」

笹川朝著冰透了的手吹了一口氣，一個人走向投幣式停車場。

走出室內走廊的清瀨小姐，眼睛又紅又腫。一看就知道她跑進臥室以後，就一直在哭。

「你叫淺井對嗎？」

「呃，是的。」
「我想在最後拜託你一件事。」
清瀨小姐悄聲喃喃道，請我進入室內。餐桌上擺著一度全部丟棄的咖啡用品。
「你說過，你會手沖咖啡對吧？」
「嗯……是啊，不過只沖過幾次而已。」
「我想請你替我沖一杯咖啡。」
「可是……放了一年的咖啡豆，應該早就過期了。」
「拜託你。就算只有香味也好，我想重溫一下。」
我拒絕不了，輕輕點頭。我回溯著久遠以前的記憶，提心吊膽地轉動著手搖磨豆機。雖然已經放了一年，但豆子都沒有發霉或腐爛。
「這磨豆的聲音……好懷念。」
我聽著清瀨小姐的呢喃聲。將濾紙設置在濾杯上，再放到有刻度的咖啡壺上。我手沖咖啡的經驗只有寥寥數次而已，動作卻頗為流暢，連自己都覺得神奇。
「接下來將磨好的咖啡粉倒進濾紙，慢慢地注入熱水，咖啡液就會萃取到底下的咖啡壺裡。」
將咖啡粉倒入濾紙，用細口壺以畫圓的方式注入熱水。咖啡粉吸入熱水，緩緩地膨脹，散發出馥郁的芳香，萃取出來的咖啡液慢慢地累積在玻璃壺中。
當褐色的液體斟滿陶瓷馬克杯時，室內已經充滿了咖啡的芳香。聞到不同於即溶咖啡的新鮮香氣，可以感覺到一年前的豆子確實地活在小瓶子裡。

清瀨小姐沒有說話，片刻之間，似乎沉浸在彌漫整個房間的香氣之中。她沒有端起來喝，但雙手一直捧著裝咖啡的馬克杯。

「他呢，即使是沖兩人份的咖啡時，也一次只沖一杯份。明明一次沖兩杯比較省時。」

「他對咖啡真的有強烈的講究呢。」

「是啊。他會個別品嘗沖好的兩杯咖啡，總是把味道比較好的那杯給我。」

清瀨小姐把鼻子湊近馬克杯，深深地吸了一口氣。

「聞到這味道，我就想起他笑著說『這杯味道比較好』的聲音……」

清瀨小姐放開馬克杯，從口袋取出那只小盒子。

「咦？我以為妳把它丟掉了……」

「我還是決定要丟掉它……不過要等到我可以笑著說再見的時候。」

「笑著說再見？……」

「剛才我一個人看著戒指，這麼決定了。」

清瀨小姐掏出手帕，按住開始淚溼的眼頭。

「那或許是明天，也可能是一年後。搞不好是幾十年後……到時候我一定會想起你說的話：邂逅一個人，絕不是什麼悲傷的事。」

聽到清瀨小姐的話，我鼻頭一酸。

「我不該亂說話的……」

清瀨小姐柔和地微笑搖搖頭：

「沒這回事。如果那時候你沒有阻止我把戒指丟掉，或許我就不會發現這個了。」

「什麼？」

「你看戒指裡面。」

我接過小盒子裡較小的一枚戒指。細看內側，故人與清瀨小姐的名字縮寫之間，刻印著一段文字。

「我訂購的款式，只有彼此的名字縮寫。這段話應該是他私下追加的。你看，這一枚也有。」

我看向較大的戒指內側。兩枚戒指，故人與清瀨小姐的名字縮寫之間，都刻著「Special Blend」的文字。

「好棒。」

「特調……雖然他沒有表現出來，但這表示他對這對婚戒其實也很講究嗎？」

「一定是這樣的。我想故人一定是想要把美味的咖啡和這對戒指送給您。」

「就算是這樣，也用不著連婚戒都跟咖啡扯在一起吧？」

清瀨小姐雖然受不了地說，卻是笑容滿面。

「……只有今天，我可以戴上這枚戒指吧？今天晚上是神聖的夜晚嘛。」

我輕輕點頭，接下來清瀨小姐的左手無名指出現了耀眼的光輝。

「討厭，怎麼這麼鬆？我是比一年前瘦了嗎？」
「這不是客套話，真的很適合您。」
清瀨小姐微笑著伸出左手。我自然地回握她伸出來的手。清瀨小姐的手好溫暖。
「聖誕快樂。」
清瀨小姐笑道。餐桌上的馬克杯仍靜靜地冒著蒸氣。我覺得在這杯咖啡涼掉以前，確實存在過的兩人生活又重新復甦了。

回程車中，發生了一件令人驚奇的事。應該總是播放著〈藍色星期一〉的車子裡，竟然靜靜地流瀉著原聲的柔和樂曲。
「這不是〈藍色星期一〉吧？」
「想換個心情。我也是會聽不一樣的音樂的。」
「真難得。啊，等一下你要去約會，要先營造一下浪漫的心情是嗎？」
「唔，算是吧。」
「要去哪家餐廳？」
「在家吃蛋糕，送禮物而已。」
「是喔？也是，在家慶祝最自在嘛。」
我聽著笹川的話，心想萬一吃完飯後，小楓要求來我家，得先把不堪入目的書本和光碟類火速藏起來才行。

「淺井，你有特別重視的人嗎？」

「特別重視的人？」

「嗯。」

「唔，沒有。勉強要說的話，就是家人吧。」

笹川沒有回話。車中的陌生音樂填補了這段沉默。

「我換個問題。你有即使要用自己的生命交換，也希望他活下去的人嗎？」

對向車的車燈在笹川的臉上投下濃濃的陰影。那光影變換角度，讓笹川的臉或是隱沒，或是鮮明地浮現，如生物般蠕動著。

「好困難的問題喔。」

「當下想到的對象就行了。憑直覺。」

「唔……我從來沒有像這樣去想任何人耶。」

「這樣……人生當中，如果能遇到一兩個這樣的人，就非常足夠了。這樣的人生很幸福。」

「怎麼了？突然說起這些來。這是在說什麼啊？」

「兩個大男人在聖誕夜開車兜風時聊的、言不及義的瘋話。」

車窗外變成了熟悉的景色。已經抵達事務所了吧。等紅燈的時候，看到穿得像聖誕老公公的小孩讓父母左右牽著手經過。

在事務所沖過澡，用了大量的造型髮品，把頭髮抓得硬邦邦的，結果竟已快趕不上和小楓約好的時間了。

玄關門傳來熟悉的抓門聲。打開一看，蜂蜜蛋糕正在用前腳洗臉。

「怎麼這麼晚過來？真難得。我猜猜看，你跟我不一樣，沒人跟你約會對吧？」

蜂蜜蛋糕懶散地瞥了我一眼，溜過我旁邊，跑進事務所裡面了。

「今天沒空理你啦。我跟笹川先生等一下都要去約會，馬上就要出門了。」

蜂蜜蛋糕看也不看我，用身體磨蹭笹川的腳。這傢伙願意磨蹭我的次數寥寥可數。

「你來啦。你真是個溫柔又聰明的小貓咪。」

笹川抱起挨近他的蜂蜜蛋糕，搔了牠的下巴好幾下。

「笹川先生有空理這傢伙嗎？約會會遲到的。」

「沒關係。抱著蜂蜜蛋糕很溫暖。」

「如果約會遲到，女朋友會生氣的。」

「不會遲到的。」

笹川放下蜂蜜蛋糕，走向廚房，用小碟子裝了牛奶，放到地上。

「來，這是給你的聖誕禮物。還可以續碗喔。」

蜂蜜蛋糕立刻舔起牛奶來。笹川蹲著，就這樣注視著牠的身影。

走出戶外，冰冷的空氣讓沖完澡熱呼呼的身體舒服極了。吐出來的呼吸是白色的，口中一下子就變得乾燥。只要一路跑到底，應該趕得上約好的時間。
應該不用準備禮物吧？……
雖然剛剛才受邀，但開頭很重要。我停步四下張望，但只有幾家超商和居酒屋。
「應該不用吧。」
我正準備再次全力衝刺，然而一度浮現的點子卻在腦中盤踞不去。稍微走上一段路，便看到日式糕餅店和肉店。就算聖誕節收到甜饅頭或和牛禮盒，小楓也絕對不會開心吧。
就在快抵達會合的十字路口時，我發現了那家店。玻璃牆的店內，各種光芒流轉搖曳著。我當下跑進那家店，穿過自動門，室內暖氣很強的空氣差點讓我流下鼻水。
「歡迎光臨。」
我把店員的招呼當成耳邊風，飛快地巡視了一下店內。
「請問要找什麼呢？」
「那個，有沒有閃亮亮的東西？」
我這話讓店員一臉困惑，但他還是指向窗邊。窗邊陳列著雪花球。也有可以自動讓雪花飛舞的款式，反射著店內的照明，燦爛生輝。
「我要這個。」
「有幾種款式，請問要哪一種？」

陳列的雪花球，大小和內部的設計各不相同。我看了一下自動式的雪花球，價格超過一萬圓。

「……意外地滿貴的呢。」

「因為本店販賣的是從發源地歐洲進口的雪花球。在日本，雪花球叫做snow dome，不過在歐洲，是叫做snow globe。」

不管叫dome還是globe都無所謂。我看了一下最小的雪花球價格，兩千八百圓。

「我要這個小的。可以包裝起來嗎？我要送人。」

我挑選的雪花球，裡面有雪人和聖誕樹小模型，設計很普通。雖然覺得這種玩具居然要兩千八百圓，簡直坑人，但拿起來搖晃，模仿雪花的物體在其中飛舞，美得令人著迷。

抵達十字路口時，小楓正憑靠在護欄上。因為跑去買雪花球，遲到了五分鐘。

「有夠慢的！如果再等一分鐘，你還是沒來，我就要走了！」

小楓的臉被圍巾遮住了一半，發出模糊的抗議聲。和平常的工作服不同，黑色長大衣打扮看起來相當成熟。

「對不起啦，工作拖延了一下。」

「如果我凍死了，DEAD MORNING要全額負責特殊清潔費用！」

「別開這種不吉利的玩笑好嗎？」

小楓把手插進大衣口袋裡，隨即一個人走了出去。

「妳有什麼想去的店嗎？」
「已經預約好了。」
「真厲害！能幹的女人就是不一樣。」
「少在那裡說蠢話，快點走啦。啊，冷死我了。」
稀鬆平常的對話，今天卻莫名地令人愜意。純屬打鬧的拌嘴。看在旁人眼中，不折不扣就是一對情侶。
然而如此美好的時光也一下子就宣告破滅了。
「不快點過去，店裡的酒都要被望月小姐喝光了。她是個大酒桶。」
「咦？」
「所以說，酒會全部被望月小姐喝光。」
「望月小姐？」
「你們那裡的望月小姐啊。你忘記了嗎？她不是很照顧你嗎？」
小楓說的內容，我當然能夠理解，但我的腦袋卻全力拒絕去理解。
「望月小姐也在？」
「我沒說嗎？我跟望月小姐很好。我們本來就約好兩個人一起吃飯，所以順道邀你。今天早上你不是才在對望月小姐咳聲嘆氣嗎？說你都沒有預定。」
我用顫抖的指頭摸了一下口袋裡的小盒子。
「雪花球……」

「什麼？」

如果望月小姐也在，甜饅頭和和牛禮盒肯定能讓她開心。小楓完全沒注意到我的沮喪，說：

「今天的現場怎麼樣？」

「喔……今天是去整理過世的男友的遺物。委託人說她整整一年都沒辦法丟掉遺物。」

「是喔？那你怎麼鼓勵人家？」

「也沒說什麼啊……就聖誕快樂。好像如果男友還活著，本來預定要登記結婚，最後她戴上男友留給她的婚戒。這不是客套話，真的很美。」

「看來你多少幫上忙了嘛。委託人過世的男友一定也會很開心。畢竟自己留下的東西得到了珍惜。這世上有太多完全不考慮死者心情的笨蛋了。」

小楓的金髮在滿溢的路燈光芒下搖晃著。忽然間，我好奇起這個看起來完全就是時下流行女孩的女子，怎麼會選擇了搬運沾滿屍水和蒼蠅等廢棄物的工作？

「小楓，妳怎麼會開始做現在這一行？」

「一定要現在問這個嗎？」

「不用現在也沒關係啦。」

「什麼啦，明明是你問的。反正你對我根本沒興趣吧？感覺真差。」

眼前的號誌是紅燈。難得先前聊得那麼熱絡，現在卻陷入尷尬的沉默。我正想道歉的瞬間，一直沉默的小楓開口了：

「我能一直做這一行，是因為草皮叔叔的關係。」

「草皮叔叔？」

「對，草皮叔叔。他的頭髮又硬又短，摸起來就像草皮，所以叫草皮叔叔。」

小楓就像想起了什麼，兀自微笑。

「草皮叔叔是我的遠親，我小時候他常帶我去動物園和水族館。在那裡吃到的冰淇淋和爆米花超美味的，我到現在都還印象深刻。我吵著要買各種東西，回家的時候，叔叔買了好多禮物給我。草皮叔叔一直單身，現在想想，他應該是把我當成親女兒看待。」

原來小楓也有過那麼可愛的時期？我想到這理所當然的事。

「草皮叔叔好像在做什麼事業，可是後來遇到瓶頸。人真的很殘忍呢。順利的時候，眾人簇擁，一旦不順利了，就翻臉不認人。結果草皮叔叔就像跑路一樣，不知道消失到哪裡去了。那個時候我年紀還小，所以全都是後來聽我媽說的。」

「我也常看到生氣怒吼的房東和家屬，大概可以想像。」

「狀況有點不太一樣，但人的殘酷沒有極限，這一點或許相同吧。」

變成綠燈了，但小楓沒有往前走去。

「我漸漸地淡忘了草皮叔叔這個人。我們只在我小時候一起玩過，進入青春期以後，比起那種頭髮像鋼絲的叔叔，一般更會被雜誌上的素人模特兒或帥氣的影星吸引對吧？一直到我高二的時候，時隔多年，我才又聽到草皮叔叔的名字。是其他親戚聯絡我媽，說草皮叔叔在自家一個人死掉了，叫我們家去幫忙整理遺物。當時的我完全就是個屁孩，一開始根本不想去，是我媽用零用錢釣我，我才去了草皮叔叔的家。」

聽到小楓的話，我可以輕易想像出草皮叔叔這個人。事業失敗，宣布破產，孤孤單單地死去，這樣的人意外地多。我也進入過好幾次這類孤獨死的現場。

「那，妳就是在那裡努力整理，才會想要做現在的工作？」

小楓表情僵硬地搖了搖頭：

「我根本沒有努力做什麼。草皮叔叔的家真的很破爛，是一間很小的鐵皮屋，讓人懷疑是不是他自己蓋的。屋子裡充滿霉臭味，到處堆滿了垃圾，完全不像是以前過著富裕生活的人住的地方。即使是這麼破爛的地方，一起去的親戚一打開門，連鞋子也不脫，第一件事就是翻找有沒有值錢的東西。只有媽媽一個人立刻開始打掃地板和廁所，但我卻躲在角落玩手機摸魚。我不想碰什麼垃圾，而且那時候我只覺得，我絕對不要淪落到這種落魄的地步。」

我無法責備小楓。如果遇到相同的狀況，我應該也一樣會別開目光。

「妳媽媽真的很了不起。一般人的話，才沒辦法立刻打掃。」

「我媽個性強悍，但很溫柔。要是惹她生氣，絕對吃不了兜著走。」

我猜小楓應該是像母親。

「其他親戚都很粗魯地翻亂屋子裡的東西，對那些看起來不值錢的生活用品，就理所當然地一腳踢開。就算看到他們那副德行，我也完全無感。因為對我來說，屋子裡的一切都是垃圾。」

「那種狀況也沒辦法啊。而且那時候妳只是個高中生。」

小楓無視我的安慰，繼續吐出白色的呼吸說下去。

「期間有個親戚把廚房的馬克杯弄掉了。鏘的一聲，馬克杯碎了，一塊碎片滾到我這裡來，我覺得危險，想要丟掉，卻動彈不得。」

「為什麼？」

「馬克杯的碎片上畫著卡通熊貓圖案。雖然臉少了一半，但我認得那個圖案。是以前跟草皮叔叔去動物園的時候，我們一人買了一個的同款馬克杯。我的老早就丟掉了，可是草皮叔叔卻用了好幾年。即使杯子內側都布滿茶垢，骯髒變色了，還是一直很珍惜，沒有丟掉。」

小楓淡淡地說著，指頭卻微微地顫抖。

「眼淚不由自主地滾出來，注意到的時候，我把碎掉的馬克杯碎片集中起來了。即使看到我這個樣子，親戚也只是冷眼旁觀，只有我媽幫忙我。後來我就跟我媽一起盡量把屋子打掃乾淨。這樣說或許很自私，但那時候我真的很想再見到草皮叔叔一面。這麼一想，滿屋子的垃圾我也能不在乎地觸摸了。真的很不可思議。」

說完後，小楓終於往前走去。遠方的商店街霓虹燈都模糊了。

「真感人。」

「哪有？我只是覺得偶爾也該讓你看看我不同的一面。因為你一定都覺得我只是個囉唆的女人。」

「才沒有呢。」

「我呢，開始做這一行以後，從來都不覺得我是在清運垃圾，而是在搬運某人獨一無二的生活的一部分。因為如果不這麼想，不是會很空虛嗎？」

或許是為了掩飾難為情，小楓以莫名輕佻的口氣問我。我正想用力點頭，看見她的金髮上卡著白色的小東西。

「啊，下雪了。小楓，下雪了，雪耶！」

「爛透了，會溼掉啦！」

小楓皺起眉頭，就像要避開下起的雪似地跑了出去。

看到花瓶的店面，我忍不住嘆氣：果然。

店內透出的燈光照亮開心地伸手推門的小楓的側臉。看著那張側臉，剛才的失望不知為何消失得一乾二淨。

進入店內，望月小姐正一個人坐在吧台角落喝著倒入杯中的啤酒。她的前面已經有好幾個空掉的小缽了。

「啊，你們兩個怎麼這麼慢？我都已經開喝了。」

意外的是，店內生意很好，許多座位都被疑似熟年夫妻的男女所占據。我向吧台內忙碌的悅子小姐頷首致意，她只對我微笑了一下。

「不好意思，是你們家的淺井航遲到了。都是他害的。」

小楓跑向吧台座。忽然間，我覺得這好像是小楓第一次叫我的名字。

就像小楓說的，望月小姐喝了很多酒，而且不挑種類。從啤酒開始，喝到沙瓦、燒酎、日本酒。麻糬般的臉頰略帶紅潮，但沒有口齒不清或眼神渙散等狀況。而且點菜的速度也很快，經常在不知不覺間，剛點的菜已經被一掃而空。

「望月小姐喝酒的速度真不是蓋的。」

「我很胖，所以不容易醉啦。」

「這有根據嗎？」

「也不是根據，是經驗。我從來沒有宿醉過。」

我和小楓像平常一樣開始鬥嘴，望月小姐便以溫柔的眼神勸戒我們。那宛如悟道般的沉穩神情，就算背後有聖光加身，感覺也是很合情合理的事。

「就是要這樣，相親相愛，你們或許可以變成不錯的一對。」

「欸，不要亂說啦！跟這種窩囊廢？我絕對不行啦！」

我也因為漸漸醉了，莫名地歡樂起來，抓起旁邊不知道是誰的杯子，一口氣喝光裡面的酒。

「感覺今天我也是千杯不醉。悅子小姐，再來一杯燙日本酒和檸檬沙瓦！」

被望月小姐暢快痛飲的喝法影響，我點了喝不慣的日本酒。

好像有人在叫我。我想要回應，嘴巴卻好像被縫住了似地，動彈不得。而且整個人不舒服到了極點，全身的血管就好像被灌進了臭掉的番茄汁。

「淺井。」

聽到不知道第幾次的叫聲，我終於慢慢地睜開眼皮。

「淺井。」

「是……是……」

一臉擔心的悅子小姐正探頭盯著我的臉。

「你還好嗎？」

我東張西望。發現這裡是沒有半個客人的花瓶店內，連忙火速坐正。

「咦？大家呢？」

「她們連你的帳一起付清，回去了。你吃喝到一半就整個睡死，她們好像有照顧你，但你一直沒有醒來。」

「咦？真的假的？」

「真的。她們好像要趕末班電車，所以我叫她們先回去，說我會把你叫醒。」

「我記不太清楚了……對不起……給妳添麻煩了。」

「沒關係啦，你是常客嘛。」

悅子小姐打開鍋蓋，舀了一碗熱騰騰的味噌湯，放到吧台上。
「給你解酒，店裡招待。」
我道謝之後，啜飲她遞過來的味噌湯。雖然是只有豆腐和海帶的簡單味噌湯，卻宛如人間美味。
「這個聖誕夜爛透了……居然喝到爛醉睡著……好羨慕跟女朋友一起過的笹川先生……」
「阿笹是單身喔。」
站在洗碗槽前的悅子小姐說。
「咦？是嗎？可是他說要去約會……」
「因為聖誕夜對我們來說，是重要的日子。」
「對你們來說？」
「對。對我們這對已經分手的夫妻來說。」
拿筷子的手停住了。我看向悅子小姐，她面不改色地繼續洗碗。
「原來妳跟笹川先生本來是夫妻？……」
「對。也不是刻意要瞞，只是他好像不想說，所以……」
「可是你們看起來感情很好，笹川先生也常來這裡。」
「有些夫妻就算感情好，還是會離婚。我們認為這樣做對彼此是最好的。」
「我從沒聽說過感情好卻離婚的夫妻……一般不是因為感情不好才離婚嗎？」

「是啊。如果我站在客觀的立場，應該也會有你那樣的反應。雖然不知道正不正確，但我和啟介到現在仍然背負著那時候所作的選擇，為此掙扎。」

聽到「啟介」這個陌生的稱呼，我心想：啊，他們兩個果然真的曾是夫妻。我無法提出更多的問題，喝完剩下的味噌湯。

「聖誕節前一天，我們的孩子過世了。她叫陽子，是個女孩，是我們的寶貝。」

悅子小姐沒有看我，平淡地說著，那聲音微弱得幾乎會被水龍頭流出來的水給掩蓋。

「今天上午我和啟介去掃墓了，不過這個時期的墓碑，摸起來就像冰一樣冷，每年都讓我覺得好難過。」

「原來妳有過孩子……」

「只有短短的三個月而已。陽子這名字是啟介取的，他說希望我們的女兒像太陽一樣光輝燦爛，照亮別人……很容易記，也很平凡的名字對吧？但是那孩子已經不在世上了。」

「這……」

我喃喃的聲音聽起來好遙遠。

「抱歉，突然說這些。可是每到聖誕節前一天，我實在是難以承受……會希望有人記得陽子曾經活過的事實。」

悅子小姐不停地在洗同一個盤子。持續在冰冷的流水下沖刷的指頭失去血色，一看就知道一定整個冰透了。

愈是覺得必須說點什麼，腦袋就愈混亂，怎麼樣都說不出話來。

悅子小姐緩慢地擰緊水龍頭。水滴聲消失後，店內寂靜得宛如可以聽見雪慢慢地堆積的聲音。

「陽子三個月就去了天堂，所以留在我心中的，只有模糊的悲傷。因為她從來沒有好好地和我說過話，也只喝過牛奶而已……甚至來不及想像那孩子原本應該擁有的廣闊未來。」

聽到悅子小姐的話，我想起笹川今天說的九十五天。

「陽子過世以後，我瞭解到一件事。不是常說淚水會哭乾嗎？但根本不是這麼回事。都已經流了那麼多的眼淚，但即使是現在，我仍然會好端端地卻突然掉下淚來。我發現原來淚水是永遠不會乾的。」

我只能默默點頭。有人呱呱落地的同時，也有人在其他地方停止心跳。每天不斷反覆上演、人力無從干涉的生死輪迴，帶著鮮明的真實感揪緊了我的心胸。

「同時我也第一次瞭解到，原來是有想忘卻又不想忘記的事情的。還有永遠不會消失的悲傷。我想啟介應該也是一樣的心情。也是陽子去了天堂以後，他開始每天穿喪服。」

我想起笹川的喪服內袋刺繡的名字縮寫S・Y（笹川陽子／SASAKAWA YOKO）。

「……我會和笹川說話，也是因為喪服。」

「對耶。那天你也喝醉了。」

悅子小姐的嘴唇泛出笑意。

「……那個，她長得像誰？」

「你說陽子嗎？」

「對。」

「當然像我。不過髮質跟啟介一模一樣，鬈鬈的。」

「如果長得像悅子小姐，一定非常可愛。」

悅子小姐用手巾擦乾手，取出瓶裝啤酒倒進杯子。啤酒咕嘟嘟地一下子就倒滿了，滿出來的白泡沿著杯身流下來。

「你也要喝嗎？」

「我不用了。已經用好喝的味噌湯收尾了。」

悅子小姐微微點頭，喝了啤酒。先前我都沒發現，吧台角落的花瓶插了好幾枝熟悉的香豌豆花。白色、淡粉紅色以及紫色的花瓣盛開怒放，幾乎令枝椏不勝負荷。

「那是香豌豆嗎？」

「對。你居然知道。很香對吧？」

從我坐的位置，也能聞到香豌豆的甜蜜芬芳。

「笹川先生進入現場時，都會在玄關口放一枝香豌豆的人造花。所以我才會注意到。」

悅子小姐一手拿著杯子，走近花瓶，食指溫柔地撫摸香豌豆的花瓣。

「我喜歡這種花的香味。和啟介住在一起的時候，經常插在玄關。」

悅子小姐把鼻子湊近香豌豆，深深地吸了一口氣。

「陽子離開以後，有時候我會把這種花的花瓣看成蝴蝶。就好像有許多色彩鮮豔的蝴蝶停在這裡。或許我也向啟介提過吧。」

「笹川先生就是記得這件事，所以都會放上香豌豆的人造花嗎？」

「這只有問啟介才知道了。我們兩個總有些扭曲。陽子離開以後，雖然我們沒有激烈地彼此傷害，卻各自受到了傷害。明明重要的人就在身邊，卻視而不見，也無法填補彼此失去的部分。我們只能各自拚命找到一個存放悲傷的地方。現在想想，如果我能毫不保留地宣洩心情，坦率地傳達給啟介就好了。但就是因為做不到，所以我們最後找到的答案，就是各分東西。」

「當夫妻好難啊。」

「我也不好說。雖然走到一半就放棄當夫妻的我們已經不可能明白了。」

悅子小姐再次溫柔地摸了摸花瓣，喝光了杯裡的啤酒。

「如果有愛，就能讓一切順利，不知道該有多好。」

宛如嘆息的這句話，不知為何在耳底不停地迴響。我站了起來，走近悅子小姐。

「這是味噌湯的回禮。」

我從口袋裡取出小盒子，打開包裝，靜靜地將雪花球放在花瓶旁邊。

「好漂亮……」

「今天買的。被它閃閃發亮的光芒所吸引。很有聖誕節的味道呢。」

雪花球裡，細碎的雪花飛舞著，在液體中飄蕩的雪花緩慢地搖曳著，反射出周圍的光線。

「我覺得只有今晚，即使這花瓣像蝴蝶一樣飛走，我也不會驚訝。」

「今晚是神聖的夜晚，這也是有可能的事啊。」我說。

淚水從悅子小姐的臉頰滑落。我只能注視著雪花球，直到眼睛乾燥發痛。

# 第五章

## 水母的骨頭

「啊——阿航喔？新年快樂。感冒還好嗎？」

手機傳出來的媽的聲音，聽起來有些粗澀。

「已經好得差不多了。」

「這樣啊。東京冷嗎？」

「還好啊。冬天本來就冷。」

「這邊還在服阿嬤的喪，雄二跟阿部卻跑來開酒趴。你還是不回家嗎？」

「嗯。」

「你有好好吃飯嗎？我看你一定成天只吃喜歡的泡麵吧？就是偏食才會感冒。」

「我有好好吃飯啦。」

媽說話都是當地腔混標準話。她說她正在慢慢矯正腔調，這樣將來才不會被我在大都市找到的媳婦嘲笑。

「最近你爸迷上在庭院做燻肉，我跟米一起寄過去給你了。」

「嗯，好。」

與媽的對話總是兩三下就結束了。因為她只會問我的健康狀況和吃的東西。電話另一頭依稀傳來親戚熱鬧的喧譁聲。這要是平時，我應該會就這樣掛斷電話，今天卻很自然地問出一直耿耿於懷的問題：

「阿嬤生前過得幸福嗎？」

感覺電話另一頭的媽稍微噤聲了。從我小的時候開始，她們兩人的對話總是很僵，從來沒有看過她們一起開心歡笑的樣子。雖然也曾經和阿嬤一起住過，但我讀國中的時候，就因為爸的工作關係分開住，婆媳倆幾乎再也沒有見面。

「媽跟阿嬤感情不好對吧？」

「是啊。如果要我列出你阿嬤對我的各種刁難，應該會比辭典還要厚。」

「阿嬤過世，媽會難過嗎？」

聽到我大剌剌的問題，媽隔了一拍回答：

「一點都不會。」

世上有些人無論如何就是無法相互理解，而那不巧偏偏是家人，雖然只能說是運氣不好，但被如此明確地說出來，讓人感受到難以言喻的寂寞。

「可是，雖然不難過，但還是有點寂寞。」

「咦？」

「我是很討厭你阿嬤，可是她真的走了，又覺得有點寂寞。」

媽的回答沒有惡意，是全然坦率的。我握緊了手中的手機。媽以悠哉的聲音繼續說下去：

「就是因為再也見不到了，才會有這種感受嗎？明明她生前那麼厭惡她。」

「這樣啊……那妳會想要再見到阿嬤嗎？」

電話另一頭傳來媽傻眼的笑聲：

「拜託，絕對不要。她真的是順著本能在生活。你阿公過世以後，她就經常跟朋友去旅行，好像在町內會也交了男朋友。你阿嬤直到最後一刻，都很享受自己的人生，最後也不用人照顧，一下子就走了。我每天替她的牌位上香換花瓶水就夠了，其他什麼都不想。」

「這樣啊……」

「有後人好好地為她辦了場喪禮，而且還有像你這樣會在她死後想起她的孫子，她的人生應該很幸福吧。你阿嬤地下有知，也會很高興的。」

媽的聲音徹底地明朗。或許和我不一樣，媽腦中浮現的阿嬤，是笑著的表情。

「這麼說來，你阿嬤說她的孫輩裡面，就數你最貼心。」

「真的假的？有嗎？」

「真的。你阿嬤不是會打毛線嗎？每年都會織手套或圍巾，送給你跟你姊。」

確實，阿嬤的興趣是打毛線。和店裡賣的商品不同，穿戴在身上的阿嬤的毛線織品刺刺的，實在難說舒服。

「你姊都說很土，收了就丟到一邊去，但你出去玩的時候，都一定會戴你阿嬤送的手套或圍巾。明明有我買給你的東西，你卻一定要戴阿嬤送的。」

「有嗎？」

「你真的不記得了嗎？你以前真的很喜歡耶。明明上面都沒有漫畫或卡通的角色。」

老實說，我不記得當時我是怎麼想的。不過阿嬤親手打的圍巾確實很暖和。

「然後有一天，你出門去玩，就這樣失蹤了。我們都以為你被綁架了，擔心得不得了，還用社區廣播尋人。」

「有這種事嗎？」

「有啦。結果一直到晚上九點多才找到你。聽說你一個人走在田埂上，邊走邊哭。」

「是喔？」

「什麼是喔，你真的不記得了？你回家以後，我們問你到底跑去哪了，你說你玩到一半，阿嬤給你的圍巾不見了，你一直到處找。看你哭得一把鼻涕、一把眼淚的樣子，我都忍不住笑出來了。」

「真的假的啦？不是妳亂掰的吧？」

「真的啦。這麼說來，好像只有說這件事的時候，我跟你阿嬤會一起笑。」

我的腦中隱約浮現阿嬤的臉，不是遺照的表情。尖尖的面部輪廓、揚起的眉梢、眼角擠出的皺紋。是以前看到過的阿嬤獨特的笑容。

「可是，以前我那麼貼心，阿嬤要是看到現在的我，一定會很生氣。」

「怎麼說？」

「因為阿嬤不是很討厭吊兒郎當的人嗎？她經常單槍匹馬就把三寸不爛之舌的棉被推銷員趕回去。」

一陣輕笑聲後，電話另一頭傳來有些假惺惺的清喉嚨聲：

「只要活著，水母總有一天也會找到骨頭。」

媽突然一本正經地說出莫名其妙的話來。

「什麼？」

「你不知道嗎？以前的俗諺啊。水母的身體不是都是水分嗎？所以軟趴趴的。可是就算是水母，只要活得夠久，或許也可以找到骨頭，變成有骨頭的水母，好像是這個意思。是在比喻只要夠長壽，或許就能等到千載難逢的好運氣。」

「是喔，居然有這種諺語。」

「簡而言之，就是叫人好死不如賴活。只要活著，就算是像現在的你這麼無可救藥的傢伙，或許總有一天也能遇到珍惜的事物。」

媽說完這些，催我買新宿限定的餅乾寄回家，單方面地掛了電話。

隔天，久違地打開DEAD MORNING的門時，我緊張極了。我年底得了流感，聖誕節前一天的遺物整理成了去年最後一項工作。我一方面覺得抱歉，但被診斷為流感時，確實也有些放下心來。如果得知笹川的過去的隔天就要上班，我的舉止一定會變得很不自然。

「新年快樂。抱歉年底請假了。」

進入室內，和去年一樣雙頰塞得圓滾滾的望月小姐從裡面探出頭來。

「喔，淺井。新年快樂。好久不見了呢。是因為大病初癒嗎？好像瘦了點？」

「瘦了三公斤……有段時間連優格都吃不下去。望月小姐也瘦了一點？」
「什麼話，又這樣調侃人家。我吃太多年菜跟年糕，胖了三公斤呢。」
許久不見的望月小姐的笑容，莫名地令我心安。
「總之，在年底忙碌的時候請假，真的很抱歉。然後，今年也請多多指教。」
「今年也請多多指教。還有，我已經知道不能讓你喝太多酒了，這我會銘記在心。」
「請別再提這件事了。」
那天以後，我也沒有再見到小楓。躺在住處那張總是鋪著沒收的被褥上受高燒折磨時，窗邊一傳來卡車的引擎聲，我就爬出被窩察看窗外，但這件事我不打算告訴任何人。
「有年菜剩下的栗金團，要吃嗎？」
「可以嗎？那我不客氣了。」
「本來以為可以全部吃完，可是一公斤的栗金團還是太多了呢。」
望月小姐的食慾再次讓我驚訝得合不攏嘴，這時玄關傳來開門聲。
「今年也請多多指教。」
笹川和去年一樣穿著喪服。
「抱歉年底請假了。今年也請多多指教。」
「感冒已經好了嗎？」

笹川的眼睛冒出黑眼圈，臉也相當浮腫。他一臉疲憊地走向自己的辦公室。

「嗯，已經沒事了。比起我來，笹川先生的臉色看起來更糟耶。」

我說著，未曾謀面、往後也不可能見到的小嬰兒的身影在腦海中一晃而過。

「年底年初一直在工作嘛。最近不是都跟你一起去現場嗎？很久沒有一個人上工了，所以特別累。」

「咦？笹川先生一直在工作嗎？」

「嗯。我沒說嗎？現場就是會召喚我。」

雖說流感初癒，但整個過年就這樣毫無生產性地睡掉，我覺得羞愧極了。我喝了廉價酒，酒醉睡著大聲打鼾的時候，笹川也在與融化的一部分人體格鬥。

「就算請你等我，委託人也不可能說等就等呢。腐臭味很難受，最重要的是發現者心情上很難熬……一直都很忙嗎？」

「唔，滿忙的。自殺三件，孤獨死四件。老樣子。」

「叫我的話，我就去幫忙了。」

「今年我會好好支使你，讓你後悔說出這種話。」

笹川露出放肆的笑容，豎起大拇指說。

望月小姐把我和笹川的咖啡放到各自的桌上，順道用盤子盛了色彩鮮豔的栗金團。

「看起來好好吃。我好久沒在過年吃這種年菜了。」

「還有很多，不用客氣，儘管續碗。」

放入口中的栗金團散發出自然的甜味。意外地和咖啡很搭。

「今年有淺井加入，就當作新的起跑，大家一起來說說新年新希望吧！」

望月小姐開朗地說。我喝著咖啡點點頭，但笹川低著頭說：

「我不用了。不必搞這種活動。」

「又講這種話……只是說說新希望而已嘛。」

「我這樣就好了。我也不想改變什麼。」

笹川完全沒有抬頭，默默地吃著栗金團。

「唔，好吧，那我跟淺井自己來說。首先從我開始。今年我的目標是減重五公斤。因為再繼續胖下去，就要刷新紀錄了。」

「確實，比第一次見面的時候胖了一些呢。」

「你少說幾句好嗎？那淺井，你有什麼新希望？」

望月小姐催促，我看著半空中思量，然而腦袋空空如也，連自己都感到驚訝。這幾年我的生活漫無目標，這讓我痛切地感受到自己只是在惰性地過著每一天。

「唔……新希望喔……」

「不用那麼煩惱啦，完全只是希望而已。」

也許是我的表情太苦惱，望月小姐催促地說。我不理她，交抱著手臂，盯著半空中。今年我想要有所改變。雖然甚至無法明確地說出想要改變什麼。

「今年我想要讓這間事務所變成朝陽普照般的明亮場所。」

結果我什麼都想不到，說了這種玩笑般的話。也許是因為我還記得不久前望月小姐才在嘆息，說這間事務所就像夜晚一樣。

「不必多事。」

笹川的聲音傳來。那異於平時的冰冷語氣，讓場子的空氣凍結了。

「可是這裡不是很陰暗嗎？對視力不好。」

「我這樣就好了。光線陰暗會影響視力，這沒有醫學根據。」

我半帶玩笑的發言被笹川冷冷地駁回了。

「笹川……幹嘛那麼認真嘛？」

「不管誰說什麼，我這樣就好了。我不想要變化。」

望月小姐打圓場地說，笹川卻一反常態，頑固極了。這時電話響了。鈴聲稍微緩和了緊繃的氣氛。

「看來沒空再來一顆栗金團了。」

笹川小聲喃喃道，拿起話筒。

小卡車發出低吼聲，駛過尚未擺脫過年懶散氛圍的街道。路上沒什麼行人，許多店家的鐵門也都還關著。〈藍色星期一〉的節奏依舊淡淡地從音箱傳出，就像要喚醒這樣的街道。

「相偕自殺嗎？」
「房東這麼說。」
結果我們沒空繼續吃望月小姐做的栗金團，一起跳上小卡車。
「大過年的，怎麼這麼想不開。」
「還不確定是什麼時候過世的，不過年底年初意外地很多這種事。應該是無法想像比現在更美好的未來吧。」
「哪像我，只要喝醉酒昏睡過去，兩三下就把討厭的事全拋到腦後了。」
「就是因為像你這樣的人很少，這種事才會層出不窮。」
我一直以為相偕自殺是只會出現在廉價愛情劇裡的情節。老實說，我完全沒有正在前往發生這種事的場所的真實感。
「相偕自殺，是帶著自己以外的人一起死對吧？這種事我絕對做不出來。」
重新說出來一聽，還是覺得太給人添麻煩了。沒辦法自己一個人死的人，也缺少一個人活下去的力量吧。
「也是有像以前的文豪那樣，為了愛情而雙雙殉情的情況。不過最近很多因為不堪照護壓力，殺掉受照顧者再自殺的例子。你也聽過老老照顧吧？照顧者也年事已高，疲憊不堪，因為受不了這樣的生活，殺了受照顧者再自殺。」
「這次也是這樣的例子嗎？」
「不清楚，房東在電話裡沒有提到這麼多。總之，到現場就知道了。」

我沒有再繼續追問，漫不經心地看著車窗外的景色。

笹川在目的地附近的投幣式停車場停下車子。新年第一場工作竟是自殺現場，教人意興闌珊，但仔細想想，剩下的選項也只有孤獨死、自殺和他殺現場。

「應該就在附近。」

後來我們四處繞了幾分鐘，終於來到現場附近。這裡是稍微偏離大馬路的住宅區，周圍都是透天厝。相較於鬧區，年味也沒那麼濃。感覺就好像無數無人居住的空屋並排在一起，一片蕭條。

「是這棟木造集合住宅嗎？」

「應該是。有一點腐臭味。」

「未免太破爛了吧？」

眼前的建築物看起來搖搖欲墜。或許是有烏鴉啄食垃圾，周圍廚餘空罐四散，更形悽慘。一樓和二樓各有三戶，房門油漆剝落，破損也十分醒目。二樓有一戶破掉的玻璃窗用膠帶貼補。那一戶的陽台設有生鏽的晾衣竿，上面只有一只褪色的衣架在風中搖晃。

「這裡真的有住人嗎？」

「應該有吧。從窗戶可以看見裡面有清潔劑，那裡也有三輪車。」

望向笹川指的方向，一樓最裡面一戶前面有輛三輪車。遠遠地望去，也看得出款式老舊。上面沒有卡通角色圖案，也沒有小孩子會喜歡的花稍裝飾。光看這棟建築物，也大概可以猜出過世的人經濟窮困。而且委託特殊清潔的也是房東。或許是聯絡不上家屬，或是過著孤立無援的生活。

笹川打電話通知房東我們到了，幾分鐘後，一名白髮老婦人走近建築物。她看到我們，停步深深行禮。

「早安。我們是接到委託的DEAD MORNING特殊清潔專門公司。」

聽到笹川的寒暄，白髮老婦再次頷首：

「大過年的，麻煩你們跑一趟了。因為事發突然，我也慌了手腳。」

「我瞭解您的心情。您在電話中說是自殺？……」

笹川探問，房東垂目低視了一下，難以啟齒地說：

「好像是。也找到遺書了。鄰居發現惡臭報警，在浴缸裡發現屍體。警察說大概死了半個月……」

「這樣啊。聯絡上家屬了嗎？」

「沒有。我甚至不知道要聯絡誰……清掃費用我會支付……」

看著一直低著頭的房東，我忍不住同情起大過年就遇上這種事的她來。

「好的。您看過現場了嗎？」

「不，沒有。警方開放現場後，我也沒有進去。發現屍體的浴室，狀況好像很悽慘，警察也勸我最好不要看……而且我怎麼樣就是會想起她們還活著的時候……」

房東的眼睛開始溼了。自己租出去的房間，有房客任意死在裡面，很少會有房東像這樣懷念他們。或許是她對原本的住戶有某些感情，或本來就是個心地善良的人。

「沒關係的。接下來就交給我們處理。今天的程序是確認現場狀況和估價，可以嗎？」

笹川柔聲說道，房東可能是因為心頭一寬，淚水滑下了臉頰。

「好的。如果可以盡快清理就好了。」

「當然。如果您同意估價，在文件上簽名，我們明天就會著手清理。可以請您告訴我們是哪一間嗎？」

房東從米色的大衣口袋取出一支鑰匙。鑰匙上用紫色的繩子繫了個鈴鐺。笹川接過鑰匙，鈴鐺發出輕微的聲響。

「一〇三號房。一樓最角落那一戶。」

我忍不住回望建築物。最角落那一戶前面，就擺著那輛三輪車。我一清二楚地聽見旁邊的笹川嚥下唾液的聲音。

「一〇三號房，難道是玄關前有三輪車的那一戶嗎？」

笹川語氣僵硬地問房東。

「對。那是百合小妹妹的。她經常騎著三輪車在這附近玩耍。」

笹川的表情顯而易見地暗了下來。他向來淡淡地處理工作，這樣的反應相當難得。

「難道過世的是……」

「叫百合的小妹妹，還有她的母親。」

笹川半晌沒有吭聲。他不停地撫摸梳攏的頭髮。這種時候，如果是優秀的打工人員，或許會說些機靈的話，讓委託人放心，但我絕對算不上什麼優秀的打工人員。我也和笹川一樣沉默著。

小孩子和母親一起死了。而且是母親強迫帶著孩子上路。現在的笹川會是什麼心境？

「怎麼了嗎？」房東問。

「沒事……那麼，我立刻評估現場。結束之後，我會再聯絡您。」

笹川輕輕行禮，朝建築物走去。我一邊追上去，一邊偷看他的表情。笹川只是茫茫然地注視著玄關前的老舊三輪車。

玄關門真的只是一片薄木板。表面塗漆剝落，變得粗糙刺人，上面散布著不知道是什麼的汙漬。

「是在浴室過世的吧？」笹川說。

「對，房東是這麼說的。」

玄關滲出的強烈腐臭味令我忍不住蹙眉。從外面也可以看到霧面玻璃窗上黏著好幾隻蒼蠅黑點。

「這次的現場我可能不會接。」

笹川的聲音小到我差點漏聽了。他面無表情地將鑰匙插進玄關門把。可能是太老舊了，咬合不順，鑰匙左右轉動了好幾次，好不容易才把門打開。立刻有幾隻蒼蠅從打開的門縫飛向寒空。

「味道好嗆喔……」

狹窄的混凝土脫鞋處，並排著骯髒的運動鞋和玩具般的小紅鞋。沒有其他鞋子，連鞋櫃都沒有，很寒酸的玄關。

「……這是我第一次遇到有小孩子過世的現場。我覺得很不舒服。」

笹川突出的喉結上下滾動著。頰骨隆起，我知道他正咬緊牙關。

「只穿過這麼小的鞋子就過世了，實在太讓人難過了……」

「殺死自己孩子的父母，簡直罪大惡極。不管是出於什麼樣的理由都一樣。」

聲音冰冷到了極點。聽在知道笹川的過去的我的耳中，那話與其說是在對死去的母親說，更像是在責備自己。

雖然DEAD MORNING的事務所同樣採光不佳，光線昏暗，但這個房間彌漫著不同種類的黑暗。

我在笹川的指示下，扳起裸露的配電箱開關。閃爍了幾下之後，泛黃的燈光在室內亮了起來。

「這裡的採光真的很差呢。是因為這樣嗎？霉味很重。」

一進入玄關就是廚房，上面擺著塑膠製的兒童餐具。我盡量不去看那些，別開視線跟上笹川。平常笹川都會一邊入內，一邊處理地上的死蒼蠅和死蟲，今天卻毫不猶豫地將它們踩爛。

短廊前方，是一間拉門關上的房間。打開那道門，只有三坪左右的空間映入視野。沒有沙發或床鋪等大型家具，卻總有一股壓迫感。或許是貼在牆上的幾張童稚的畫作，或是丟在角落的許多玩具讓人如此感覺。

「這裡的孩子生前喜歡畫畫嗎？」

房間角落有個蠟筆容器。每一種顏色都畫到只剩下一小截，參差不齊。

「既然貼了這麼多的畫，應該不討厭吧。」

笹川冷冷地應道，我再次望向那些畫。貼在牆上的畫，即使客套也稱不上畫得好，卻運用了各式各樣的色彩，填滿了整張圖畫紙。

掉在曬得褪色的榻榻米上的積木和娃娃，不是掉色，就是髒兮兮的。沒有任何最新款式的遊戲機。望向房間角落，有柳橙汁鋁箔包，和我曾經看過的知名蛋糕店的盒子。

「那是她們最後吃的東西嗎？」

「應該吧。是買給孩子的吧。或許母親是當成給孩子的最後的晚餐，但完全就是自私自利的做法。」

我探頭看蛋糕盒，裡面只有一片鋁箔紙，沾著乾燥的鮮奶油。還可以看到變成褐色的草莓蒂頭。

「是除了一起死以外，別無選擇了嗎……」

「我連想都不願意去想。帶孩子一起死，根本是令人作嘔的自私選擇。」

站在旁邊的笹川表情扭曲，就像在承受某些痛楚。我的腦中再次浮現未曾謀面的嬰兒身影。

「我打從心底這麼認為。這樣的死是不對的。這才不是什麼自殺，完全就是暴力。不管有什麼苦衷，這都是毫無道理的謀殺。」

笹川平板的聲音傳來。只有聲音聽起來淡漠，像在設法保持冷靜，但表情看得出無從掩飾的憤怒。

「如果最後吃到的蛋糕好吃，至少還算是一點安慰。」

我說著這種聊以自慰的話，再次注視著牆上的圖畫紙。

現場的浴室在廚房對面。雖然還沒有打開浴室門，但顯而易見，裡面死過兩個人。

「味道太恐怖了……跟平常的腐臭不一樣……感覺好像混合了一堆東西……」

「是啊，太嗆了。殺蟲劑準備好了嗎？」

「是的，我拿了三瓶過來。」

開門的瞬間，蒼蠅的嗡嗡聲當頭罩頂，我反射性地噴射殺蟲劑。

「對不起，我跟你們無冤無仇。」

將蒼蠅驅逐大半後，立刻踏進裡面。先是狹窄的脫衣間，地板上殘留著一些腳印。應該是警察來運走屍體時留下的。腳印毫不留情地踏在血跡上，變成了詭異的赤黑色。脫衣間裡面是浴室，黑暗中朦朧地浮現浴缸的形狀。

「我要開燈了。」

笹川一按下電燈開關，漆黑的浴室立時映入眼簾。到處沾滿了乾燥的血液，令人毛骨悚然。

「怎麼會有這麼多血……遠遠地看去，完全就是大型動物的屍體……」

旁邊的笹川也明顯地表情扭曲，用手摀住了嘴巴。

「太慘了……地板瓷磚都是乾燥凝固的血，也有一堆蛆和蒼蠅。」

「等一下……不好意思……」

我久違地一陣欲嘔，轉身背過身子，拚命摀住嘴巴。在如此普通的住處一隅，竟然有著地獄。我拚命將意識從浴室轉移開來，結果聽見笹川冰冷的聲音：

「連天花板都濺到了血花，應該是自殺的時候割斷了動脈。只要割斷動脈，血真的會像噴泉一樣噴出來。」

「但這景象也太慘了。」

「一般會泡在浴缸裡自殺，目的是即使割開的傷口不深，也會因為出血過多而死。泡澡的時候，體溫不是會上升嗎？所以血液不容易凝固，即使不是那麼痛的切割傷，也能血流不止。」

「不用割那麼深的話，為什麼這個人要割斷動脈？……」

「這個現場感覺不到退縮和猶豫。應該真的是沒有後路了。會選擇死在浴室，或許是為了盡量不給打掃的人造成麻煩。」

重新審視，浴室真的四面八方全是血跡。量多到宛如全身的血液都噴光了。

「淺井，你看浴缸裡面。」

浴缸裡積著半滿的赤褐色液體。那液體阻隔了光線，無法看到浴缸底部。

「……這是什麼？」

「房東不是說她們在這缸水裡面泡了半個月？故人遺體的一部分應該都溶在裡面了。」

光是看到那液體，胃底便又抽痛起來，口乾舌燥。

「快點拔掉蓋子流掉吧。」

「不可以。萬一堵住排水溝就更麻煩了。一般會使用吸收劑處理，但量多成這樣，應該沒辦法。」

「那要怎麼辦？」

「只能撈起來了吧。」

我提心吊膽地再次望向浴缸裡面。液體表面有著一層油狀的膜，還漂浮著死蒼蠅。

「如果我們不處理，就只能一直丟在這裡呢……」

待在這間浴室裡，嘔吐感完全無法消退。感覺只要稍一鬆懈，胃裡的東西就會全部噴出來。

「即使我們不處理，委託其他的業者，他們也會清理乾淨。」

「可是……」

「看到浴室這景象，我可以感覺到母親非死不可的堅定死意。」

聽到笹川的話，一個想像忽然掠過腦際：回頭一看，那對母女正站在那裡注視著我們。

「能這麼堅定地尋死，怎麼就不能把這份決心用來活下去呢？……」

自然地脫口而出的這段話，如今已成了毫無意義的願望。

再次回到客廳時，笹川靜靜地說：

「這個現場我不會接。」

斷定地說完後，笹川拿起房間角落的一塊積木，毫無意義地把玩著。

「為什麼？」

「不是因為現場太慘，而是我個人無法承受小孩過世的現場。既然都來了，我還是確認一下狀況，但還是沒辦法。」

笹川將手中的積木放回原位。他的側臉表情很奇妙，像是欲泣，也像是微笑。

「因為你曾經有孩子嗎？」

不知不覺間，我出聲問道。

「原來你知道？……」

「抱歉沒有跟你說。是悅子小姐告訴我的，聖誕夜的時候。」

即使聽到我的坦白，笹川的表情也沒有變化。他只是不停地摸著梳攏的頭髮。

「我也不是刻意隱瞞，但我不想要別人擔心或同情。而且就算說出這種事，聽到的人也很尷尬吧？陽子只要存在於我和小悅的心中就夠了。」

我想起溫柔地觸摸香豌豆花瓣的悅子小姐的身影。那憂愁的側臉，無止盡地揪緊了我的心。

「悅子小姐說，她希望我也能記得陽子，即使不曾見過，但還是希望我記得曾經有陽子這個人活在世上。」

「小悅和我的觀念不同。小悅或許那樣想，但我不一樣。」

「可是……」

「別說這些了，先出去吧。我不想一直待在這種地方。」

笹川難得口吻帶刺，但儘管語中充滿攻擊性，眼神卻游移不安。

即使太陽死去，早晨再也不會造訪，還是可以在黑夜深淵繼續活下去。

笹川在陽子的祭日那天說的話，如漩渦般在鼓膜深處不停地打轉。

「你一直都一個人擁抱著悲傷呢。你一個人痛苦著，最後硬是把它塞進某處藏起來。」

夜晚的黑暗會抹去一切多餘的事物——我這才理解讓笹川說出這種話的悲傷決心。在太陽死去的世界，早晨永遠不會到來。笹川就在黑暗支配的場所，與悲傷為伴，屏著呼吸過日子。

「這是我自己選擇的生活。總之我們快回去吧。」

「你這樣就行了嗎？」

正要離開室內的笹川停下腳步。

「什麼意思？」

「我是說，你打算就這樣永遠躲在黑暗的地方孤立起來嗎？」

笹川別開視線，望向貼在牆上的圖畫。我默默地看著他的眼睛。我第一次瞭解到沉默居然這麼痛。不管如何注視那混濁的眼睛深處，都看不出笹川現在究竟有何感受。

「隨你愛怎麼說都無所謂。我的感受不可能有人理解。」

笹川只說了這些，就要再次走向玄關。注意到的時候，我用力抓住想要離開房間的笹川的手。

「我覺得你把陽子活過的三個月，全部用悲傷的回憶去填滿是不對的。」

笹川聽到我這話，太陽穴抽動了一下。

「正確地說，是九十五天。而且不管別人說什麼，都沒有說服力。那些都只是漂亮話罷了。」

「或許是吧。可是就我個人來說，我實在不想看到像這樣被困住的你。」

一道輕微的咂舌聲後，笹川的嘴巴扭曲起來：

「我已經定型了，無法改變了。不管遇到再怎麼開心的事，我就是會想起那一天。結果我最後的終點，總是那個令我自責的場所。永遠都是壞結局。就好像不停地在原地打轉的猴子。我只能以這種方式活下去。」

笹川的雙眼布滿血絲，狠狠地瞪向我，他的話中滲透出悲傷的覺悟。

「放開我。」

「我不要。如果你在這時候逃避……DEAD MORNING永遠無法迎接早晨。」

DEAD MORNING是笹川打造出來的、保管悲傷的場所。吊在牆上的喪服、採光極糟的窗戶、用膠帶權充的門牌，都滲透出無法撫平的悲傷。這些悲傷營造出只屬於笹川一個人的黑夜，不斷地扼殺早晨。

「你在說什麼？」

「你捫心自問看看。其實你應該也發現了才對。」

我覺得如果笹川甩開我的手離開，將再也不會踏進這裡一步，這個預感讓我用力抓住他不放。

「你適可而止一點。」

「我覺得你不能逃避這裡。」

這時玄關傳來門把轉動的聲音，彷彿要打消我們的膠著狀態。房東用手帕掩著鼻子現身，我和笹川之間一觸即發的緊張感忽然斷線了。

「怎麼了嗎？」

我詢問擰緊眉頭的房東。房東不安地看向我們，然後注視著放在脫鞋處的小鞋子。

「我想趁兩位還在的時候，來看看房間……想到明天你們會幫忙打掃，我總算下定決心了……」

「我們還沒有決定要接案……」

笹川客氣地說，但房東似乎沒聽清楚。

「雖然我這把年紀了，但再怎麼說也是房東。我覺得還是該親眼看看發生了什麼事。有你們作陪，我也有了勇氣。」

房東害怕著滿地的死蒼蠅，一步一步小心地經過走廊。

「狀況真的很慘……您真的要看嗎？」

笹川問，房東微微點頭。

「嗯。我想在開始清掃之前合掌膜拜一下。」

打開浴室的電燈，與剛才相同的漆黑景象呈現出來。在觀看浴室的期間，房東一次都沒有眨眼。

「……到底、怎麼會演變成這樣呢……就算不必這麼做，明日愁來明日愁就是了啊……」

房東靜靜地合掌。

「百合妹妹好像是被掐死的……警察說發現的時候，百合妹妹在浴缸裡面，就像被她媽媽的屍體擁抱著……」

房東顫抖的聲音斷斷續續地在無窗的浴室裡迴響著。

「掐死自己的孩子，那到底是什麼樣的心情……抱著自己死去的孩子，又是什麼樣的心情……我都活到這把歲數了，還是無法想像。我無法想像啊……」

房東用手帕拭去積在眼頭的淚水。

「至少替她們把這裡清理乾淨吧。拜託你們了……」

聽到這話的瞬間，今早宣布的新希望重回腦海。

變成一個朝陽普照的明亮場所。

那個時候是語帶玩笑，但現在的我真心如此希望。注意到的時候，我已經搶先笹川用力點頭說了：

「請交給我們吧！」

回去的時候，即使我一臉嘔氣地往投幣式停車場的反方向走，也沒有被叫住。即使被叫住，我也不打算回頭。

笹川對房東說，明天上午會再聯絡她。因為我擅自答應，他也只能這麼說了吧。也許是因為這樣，房東將備份鑰匙投入信箱了。

我頂著混亂的腦袋走在陌生的街道上。氣溫實在太低了，太陽穴陣陣作痛，我停下腳步。

「如果不把黑夜趕走，就只能永遠窩在那片黑暗當中……」

我想起了笹川在那個房間露出的似哭似笑的表情。我再也不想看到他那種表情了。

我的感受不可能有人理解

笹川在那個房間說出口的這句話，讓他變得無比地遙遠。那句話就像是信號，徹底拒絕他人，躲藏到自己打造出來的夜黑之中。儘管這麼想，同時我卻也感覺到些許的後悔。或許我在那裡無視笹川的感受，對他說了一廂情願的話。或許我用我自以為是的正義感傷了他。

經過的車輛按了喇叭，我抬起頭來。周圍是陌生的景色。我連自己正在往哪裡走都一頭霧水，信步往前走去。

「DEAD MORNING、DEAD MORNING、DEAD MORNING、DEAD MORNING……」

我的自言自語引來路人訝異的側目。我再也不認為這只是陰沉的公司名了。這個公司名反映出笹川扭曲的情感。是準備在漆黑的夜晚深淵，與悲傷一同活下去的覺悟。但這樣的生活方式是錯的。雖然我沒辦法說明怎樣錯了，但錯了就是錯了。

我發現鼻水滴下來，寒意凍入骨髓。我用工作服的袖口用力抹去鼻水，又繼續往前走。我想起了在各種現場看到好幾次的笹川的背影。這幾個月之間，我一直追隨著他的背影，抹去某人留下的痕跡。不管住處看起來有多破敗，都曾經存在著獨一無二的生活。

手插進工作服口袋裡，冰冷的指頭碰到電子辭典。我立刻輸入文字，當街按下朗讀鍵：

『什麼時候我才會找到我的骨頭？』

我一個人在街上遊蕩了許久，就在接近午夜零時的時候，總算走到了花瓶。本來以為店應該已經打烊了，因此看到店內亮著燈光時，我差點就要喜極而泣。用凍到麻木的手打開拉門，裡面傳來熟悉的笑聲。

「咦！你怎麼還穿著工作服？在幹嘛啊？」

吧台坐著小楓一個人。沒有別的客人。小楓穿著看起來很暖和的白色針織衫，正在吃烤雞串。

「我在陌生的地方差點遇難，沒空換衣服……」

「什麼？聽不懂耶。」

小楓說她之前聖誕夜把圍巾忘在店裡，回來拿順便喝一杯。

「大過年的，幹嘛一臉陰沉？是新年第一晚就做了惡夢嗎？」
「差不多。」
「哇！陰沉死了！待在你旁邊，感覺會被傳染楣運。」
聽到小楓快活的聲音，我湧出一股衝動：好想說出和笹川的衝突，讓她笑笑帶過。我按捺住這樣的衝動，啜飲溫熱的焙茶。
一口氣吃完悅子小姐遞過來的炸豆腐後，先前的凍寒漸漸退去了。
「淺井，你明天也要工作嗎？」
「不知道。」
「不知道？打工君這麼輕鬆啊？」
「是真的不知道……」
明天笹川應該不會去現場吧。我內心某處已經死了心。或許不管我再怎麼努力設法，都無法觸碰到笹川的孤獨。
「你跟啟介吵架了對吧？」
溫柔的聲音響起。悅子小姐的目光暫時從鍋子移開，在吧台內對著我微笑。
「妳怎麼知道？」
「因為你是重要的常客啊，看表情就知道了。」
被悅子小姐說中，我無法回話，低下頭來，結果聽見悅子小姐從吧台裡為我的杯子斟入啤酒的聲音。

「啟介這個人說好聽是認真，說難聽就是頑固。從他開始做特殊清潔這一行以前就沒變。他在以前的職場，也好幾次因為跟上司意見相左而起衝突。」

聽到悅子小姐的話，小楓邊吃馬鈴薯沙拉邊悠哉地說：

「悅子小姐對笹哥真的瞭若指掌呢。你們該不會在交往吧？」

「也不是交往，我們以前是夫妻。」

小楓尖叫起來，開始連珠炮地對悅子小姐提出各種問題。我默默地喝著杯裡的啤酒。我因為知道這對夫妻的結局，實在很想立刻堵住她的嘴巴。

「啟介在做特殊清潔這一行以前是急救員。就是坐在救護車上，第一個趕到現場進行急救的人。所以每天都很緊張，神經無時無刻緊繃著。因為有時候也得趕去危險的災害現場。」

不知道笹川的過去的我驚訝得差點把啤酒噴出來。

「這我完全不知道。可是這麼說來，他的確提到過一些感覺非常具有醫療專業的話……」

在我第一次的現場，他為我解釋了心律調節器，感覺也擁有藥物方面的知識。他還知道我連聽都沒聽過的幻肢疼痛的事。像今天，他只是看到浴室一眼，就正確地說出了自殺手法。

「啟介熱心工作，假日的時候，也經常為社區居民舉辦心肺復甦術的講習會等等。每次聽到救護車的聲音，他就坐立難安。」

「原來是這樣啊……」

悅子小姐從水龍頭倒了一杯水，喝完一半後，再次開口：

「那天也是，第一個發現陽子不對勁的也是啟介。他好像半夜起來上廁所，注意到陽子沒在呼吸了。」

小楓也許是從悅子小姐異於先前的語氣察覺了什麼，剛才還那樣大剌剌地問個不停，現在卻一改前態，噤聲不語，眼神嚴肅。

「啟介立刻就替陽子進行心肺復甦術。我完全無法理解出了什麼事，如果沒有啟介指示，可能連叫救護車都沒辦法。我真的是個沒用的母親。」

悅子小姐的語氣很平淡。我知道她的視線瞬間離開我們，望向吧台角落。視線前方是插了一枝香豌豆的花瓶。

「和我不一樣，啟介一直呼喚整個人變得蒼白的陽子。一次又一次，他不停地叫著陽子的名字，叫到喉嚨都啞了。救護車的隨車救急人員好像剛好是他的學弟，啟介大叫『讓我來』，穿著睡衣就跳上救護車，繼續不停地為陽子做心肺復甦。還有，本來應該是要醫生指示的點滴，他也擅自注射了。他淚流滿面，不停地叫著陽子的名字。啟介那時候拚了命的叫聲，到現在都還留在我的耳裡。」

一旁的小楓也許是察覺到什麼，以淚溼的聲音說：

「那……孩子得救了嗎？」

「我再也沒辦法聽到那孩子的聲音了。診斷的死因是嬰兒猝死症。醫生說，日本每七千個嬰兒裡面就有一個會死於這種症候群。我連在商店街摸彩都從來沒有中獎過……實在太諷刺了。」

爐上的鍋子傳來湯汁溢出的聲音，悅子小姐回去顧鍋子了。留在吧台的我和小楓沒有交談，各自毫無意義地盯著桌面。忽然間，一個疑問浮上心頭：

「笹川先生為什麼辭掉了急救員的工作？」

悅子小姐熄掉爐火後，明明沒有人點，卻遞了小菜給我和小楓。是純白色的杏仁豆腐。

「不好意思害小楓哭了，店裡招待。味道應該還不錯。」

我們道謝，等待悅子小姐說明。

「因為就算是為了救自己的女兒，他未經醫師指示，就擅自進行醫療行為，而且還在勤務時間外進行急救處置，這些事情曝光了。啟介被處以六個月的停職處分，但結果他在停職開始前，就遞出辭呈了。」

「原來是這樣……」

「從此以後，他動不動就說『我再也救不了任何人』……陽子去了天堂以後，他有太多的感觸了吧。雖然我也是一樣的。」

悅子小姐的表情似哭似笑，和笹川在那個房間露出來的表情很像。

「啟介還留在陽子死去的那天晚上。所以或許他會有些難搞的地方，但請你不要拋棄他。這是他的前妻卑微的請求。」

悅子小姐玩笑地合掌說。我含糊地點點頭，不知道該說什麼好，將杏仁豆腐送入口中。

離開花瓶的時候，已經超過凌晨五點了。也許是顧慮到遲遲不走的我，悅子小姐在打烊以後，仍繼續為我準備熱呼呼的料理，一點都沒有厭煩的樣子。小楓也是，雖然睏倦地揉著眼睛，仍奉陪我到最後。

「沒想到笹哥有那麼辛酸的過去……你要好好跟人家道歉喔，知道嗎？反正一定又是你做了什麼蠢事對吧？男子漢吵架，拖泥帶水就太難看了。」

小楓聲音睏倦地說。

「就是沒那麼容易，我才會一直都是沒有骨頭的水母。」

「什麼？因為我一直說你窩囊廢，傷到你了？」

「不是啦。只要活下去，就算是水母……總有一天也能脫胎換骨。會遇到珍惜的事物……變成有骨頭的水母。」

小楓的側臉誇張地大嘆一口氣，露出目瞪口呆的表情。

「你是打算去尋找新品種的水母嗎？」

悅子小姐告訴我笹川的住處。手繪的地圖折得小小的，裝在工作服口袋裡。可是這樣下去，我永遠都無法打開這張紙。走在旁邊的小楓往馬路靠過去，準備攔計程車。

「我想要把笹川先生從黑暗的夜裡帶出來。」

聽到我的喃喃聲，小楓放下正要攔計程車的手。

「為什麼你要這麼做？」

「因為……如果一直陷在過去的悲劇，走不出來……」

「你真的明白笹哥的悲傷嗎？你真的把它當成自己的痛嗎？」

小楓如利針般的視線，令我別開目光。亮著空車燈號的計程車慢速行駛，從我們面前離去了。

「我明白的……我……」

「你才不懂。你那只是沉浸在煞有介事的感傷罷了。只要沒有變化的日子持續個幾天，你一定馬上就會忘記了。」

「才不會……」

「一定會的。如果你真的能體會笹哥的痛，就不可能悠哉地喝什麼啤酒。」

小楓一口咬定，刺耳極了。完全無法反駁，讓我覺得羞恥，為了掩飾而乾咳了一下，低下頭去。小楓淡淡的聲音又響了起來：

「把人從黑暗的夜裡帶出來，這種漂亮話誰都會說。那你說說看，到底誰要踏進那片黑暗，抓住笹哥的手？漂亮話說得再多，也不會有任何成果。有空想那種好聽話，倒不如快點把手伸進那片黑暗裡。」

「我也……很努力在想的……」

「說穿了。你只是坐在暖氣大開的房間裡，裹著毛毯，伸頭看著笹哥所在的冰冷的黑暗夜晚罷了。與其用那種半吊子心態面對笹哥的痛，倒不如別去打擾他。因為只會把他傷得更深。」

我在內心否定才不會那樣，卻也只能嚥下唾液。

「憑你那顆空空的腦袋，就算想出再怎麼動聽的話，笹哥也不會改變的。」

「我又不是在想什麼動聽的話……」

「總之，你要衝進那片漆黑的夜晚。要把腦袋放空。首先從這裡做起。」

送報的小綿羊機車行經馬路。四下蕩漾著清澈的空氣，天空上，靛藍色與淡淡的橙紅正要融合在一起。我全身感受著市街開始清醒的氣息，深吸一口氣。

「揍我一拳。」

我說，用力搔頭髮，就像要把自己的腦漿攪拌一番。

「什麼？」

「我想現在就去找笹川先生，所以替我打個氣吧。我和笹川先生都必須在這次的現場有所改變才行。為了這個目的，我覺得必須嚴肅面對那個房間才行。」

我停止搔頭髮，抬頭一看，小楓冰冷的表情映入眼簾。

「你是認真的？」

「我是認真的。我想要把笹川先生帶出黑暗的地方。我也想要變成有骨頭的水母……所以……給我一點激勵……」

耳邊「碰」的一聲，冰冷的臉頰猛地一片熱辣。同時視野扭曲，尖銳的痛楚瞬間擴散開來。下一秒，另一邊的臉頰也遭受到相同的衝擊。

「好痛！」

尖銳的疼痛在兩頰擴散開來，我連站都站不住了。手撐到柏油路面上，冰冷得難以置信。

「一拳就夠了啦……」

抬頭一看，小楓的臉浮現惡魔般的笑容。

「拿出幹勁來，淺井！你要脫胎換骨，從窩囊廢變成新種水母！」

小楓也不伸手扶我，坐上剛好經過的計程車跑了。

好一陣子之間，我一直手撐著地，倒在冰冷的柏油路上。兩耳仍不停地耳鳴。

忽地一看，指頭滲出紅色的血。或許撐到柏油路的時候磨破皮了。那是甚至不會痛的小傷。是即使不貼ＯＫ繃，也會自行止血、癒合的傷。

我默默地看著指頭滲出的紅色半晌。不管是我還是笹川，體內都有著如此鮮紅的液體在奔流。這是與曾經住在那個房間的那對母女、過去我們抹去生活痕跡的居民，還有腦中浮現的嬰兒都壓倒性地不同的事實。

我從口袋裡掏出紙片，注意到的時候，已經邁開腳步跑了起來。冰冷的風撫過臉頰。東方天際比起剛才仰望時，橙紅色變得更濃了。黎明已經不遠了。

靠著地圖找到的笹川的住處，是鄰近事務所後方的老舊公寓。也許因為天還沒亮，每一戶都是暗的。我正準備前往笹川的住家，看見機車自行車停車場暗處有個物體靠近過來。

「你怎麼會在這裡？……」

蜂蜜蛋糕立刻掉頭，走過公寓的外廊。

「喂，蜂蜜蛋糕！」

蜂蜜蛋糕搖著尾巴，朝某個目的地跑了過去。我也急忙跟上去，發現牠在某一戶前面停下了腳步。

「這裡是……」

用不著比對地圖。骯髒的信箱上貼了塊膠布，用歪斜的字體寫著「笹川」。

「你要帶我來這裡嗎？」

我抱起磨蹭我的腳的蜂蜜蛋糕。蜂蜜蛋糕在我的懷裡喵了一聲，下一秒鐘，一陣冰涼突然在工作服的袖口擴散開來。

「哇！髒死了！」

蜂蜜蛋糕在我的懷裡撒了一泡尿後，又消失到別處去了。我滿頭霧水，目送牠小小的背影。

「那傢伙搞什麼啊……」

我把這泡尿積極解讀為蜂蜜蛋糕的聲援，用力按下門鈴。

一會兒後，門發出嘰呀聲響打開來，冒出笹川蒼白的臉。他的眼睛充血，穿著平常的喪服。或許笹川和我分道揚鑣後，也沒有沖澡，連一覺也沒睡。

「一大清早的，做什麼？」

聲音冰冷，完全不歡迎我突然的造訪。

「我有話要告訴笹川先生。」

「不好意思，我跟你無話可說。你走吧。」

笹川單方面說完，就要關上半開的門。我反射性地把腳插進門縫間。

「一下子就好。我現在非說不可。」

「我再說一次，你走吧。」

如果這道門關上，一切都會結束的危機感流竄全身。所以我堅決抵抗。我不想放棄抵抗。

「請聽我說。」

「你也太死皮賴臉了。」

笹川的臉上布滿鬍碴。憔悴的臉頰看起來就像個病人。脖子上的黑領帶與那張臉色莫名地相稱。

「一下子就好，請聽我說。」

關門的力道突然放鬆了。笹川線條纖細的身體從原本就要關上的門縫間走了出來。我才剛鬆了一口氣，以為終於能好好談一談，笹川卻對我露出彷彿什麼都看不進去的空洞眼神：

「拜託，可以讓我獨處嗎？算我求你了……我真的不想跟任何人說話……」

笹川深深地向我行了個禮。是宛如範本的鞠躬禮，連指尖都直挺挺的。他就這樣遲遲不肯抬頭。看著笹川這樣子，我什麼話都說不出來了。

好一會兒後，笹川終於抬頭，看也不看我，再次消失到門內。房門關上，傳來上鎖的聲音。

「笹川先生……」

最後看到的笹川的表情，無可救藥地揪緊了我的心胸深處。在各種場面看過好幾次的笹川的背影浮現腦海。笹川又潛進黑暗深邃的夜裡了。當這樣的想法開始在心胸擴散時，我隱約嗅到了那股氣味。

是只送洗一次清不掉的味道。

是聖誕節前一天笹川散發出來的味道。

是認識笹川那一天的味道。

「我想要給陽子上個香！」

片刻沉默之後，再次傳來開鎖的聲音。聽到那聲音的瞬間，我完全無法思考了。眼前的門慢慢地打開來，射出冰冷視線的笹川稍微露出臉來。

「你上完香就走吧。」

笹川的住處只有一個字可以形容：暗。這處套房不算狹小，也稱不上寬敞，室內物品極端地少，散發出無止盡的寂寞氣氛。窗上掛著幾乎垂到地板的黑色長窗簾，完全遮蔽了來自戶外的光。只有音量調小的電視機發出的光線，勉強朦朧照出室內的物品和笹川的表情。

陽子的牌位就安置在這處陰暗房間的一隅。牌位旁邊擺著一個奶瓶，裡面裝著半滿的白色牛奶。除了奶瓶以外，還有知名卡通角色的娃娃。那個娃娃打扮成聖誕老人的樣子，或許是去年聖誕節前一天笹川買的。

笹川靠在牆邊，默默無語，我用眼角餘光瞥著他，點燃線香。房間暗成這樣，將線香前端燃燒的火焰襯托得格外鮮明，近乎空虛。

遺照上的陽子可能頭髮還沒有長齊，髮梢鬈翹。就像悅子小姐說的，髮質很像笹川。圓滾滾的臉頰看起來很柔軟，讓人忍不住想要摸摸看。這樣一張遺照，僅勉強藉著電視機的光線浮現出來。

要在天堂盡情玩耍喔。

我對著遺照合掌，心中只能浮現這句話。

「夠了吧？快點回去吧。」

因為我一直合掌膜拜，笹川如此催促地說。香的味道鑽進鼻腔，喉嚨深處愈來愈乾。

張開眼睛的時候，想要告訴笹川的話自然地震動喉頭：

「今天去清理那個房間好嗎？」

笹川露出有些傻眼的表情。一直開著的電視傳出播報今天天氣的聲音，就好像要填補沉默。

「不管你說什麼，我的回答都不會變。已經夠了，別再煩我了。」

「我們第一次認識的時候，你不是說死亡不是汙穢的嗎？那個房間應該清理乾淨。這不僅是為了那對母女，也是為了你自己！陽子一定不想看到像這樣逃避的你……」

「陽子已經死了！」

笹川的怒吼聲打斷我，震動了陰暗的房間。我從來沒有聽過笹川如此情緒化的聲音。

「你有替嬰兒做過心肺復甦嗎？」

「……沒有……」

電視的光照亮了笹川被陰影覆蓋的冰冷表情。我知道笹川一邊說著，同時想起了那個夜晚。

「那我來告訴你！嬰兒跟成人不一樣，只能用中指和無名指兩根指頭壓迫胸骨！因為如果太用力，整個身體都會碎掉！陽子就是這麼小！她還這麼小……！」

笹川一次又一次舉起兩根指頭，潰堤似地繼續說下去。

「你有抱過心臟一動也不動的小小的身體嗎？你捏過變得比冰還要冷，無力下垂的手嗎？你有撿過只留下一丁點的燒剩的骨頭嗎？你有丟掉過小得毫不真實的衣服的經驗嗎？淺井！你回答我啊！你什麼都不懂！你不可能懂！」

笹川粗重地喘著氣，肩膀顫抖。他身上的喪服與房間裡的黑暗完全同化了。

「你失去過比自己的生命還要重要的人嗎？」

那是從身體深處擠出來，宛如哀鳴的聲音。我覺得周圍的黑暗濃度變得愈來愈稠密。

「我……全都不懂……」

笹川從黑暗中擠出來的每一句話，都讓心底深處變得愈來愈混濁。房間明明這麼小，我卻覺得笹川站在好遠好遠的地方。

「沒錯，你什麼都不懂。從那一天開始，我就拋棄了所有的一切。因為我再也不願意經歷那種痛了。只要身無長物、沒有任何珍惜的事物，什麼都不期待，我就可以活下去……」

笹川掏出菸來，粗魯地點火。菸味和線香的味道立刻混合在一起，讓室內空氣變得汙濁。

「我活在那天晚上就夠了。從今爾後，永遠都是。」

笹川似乎傾吐出一切，就此沉默不語。拿著菸的手微微顫抖著。我看著他這樣子，拳頭捏得死緊，就好像緊抓住什麼不放。指甲掐進掌心的觸感，讓我發現自己不知不覺間微微露出格格不入的笑。

「幸好那天我是穿著喪服去花瓶的。雖然回程不舒服極了，吐得亂七八糟，狼狽到家。」

我注視著房間角落的遺照。在如此陰暗的房間裡，陽子卻露出滿臉燦爛的笑。看著這樣的遺照，胸口深處微微射入光芒。

「我還不是很清楚失去至愛的悲傷。可是看到笹川先生現在的樣子，我的心很痛。」

電視依舊傳來播報天氣預報的聲音。今天似乎適合洗衣服。黑色窗簾外清楚地傳來鳥囀聲和行車經過的聲音。

「你怎麼想都與我無關。好了，你走吧。」

笹川指著玄關，我嚥下唾液，望向笹川指的玄關反方向的窗邊。隔著一道薄牆的隔壁住戶，隱約傳來剛好響起的鬧鐘聲。

我的眼睛盯著完全遮蔽了戶外光線的黑色窗簾。那看起來就像綿綿無盡的深濃黑暗。注意到的時候，我的手伸向眼前的黑暗。

「什麼DEAD MORNING……什麼死去的早晨……」

我咬緊牙關，雙手用力到血管幾乎破裂。緊接著，窗簾鉤一個個彈飛的聲音響起。只是用力一扯，無法完全剝除這面黑色的窗簾。我的手一次又一次使勁。雖然感覺到窗簾鉤反抗的力道，但我毫不遲疑，繼續用力拉扯。

「你在做什麼！住手！」

笹川的怒吼就像要震破鼓膜。我不理會那聲音。注視著漸漸從剝落的窗簾縫露出的景色。

「你是瘋了嗎！」

朝陽射進了笹川的房間，連丟在地上的窗簾鉤和黑布都被照得一清二楚。就連飛揚的塵埃，都在空中舞動著反射陽光，閃閃發亮。從窗外射入的光線暴露出一切，為這個小房間帶來包容一切的早晨。

我從窗上扯下黑色窗簾後，慢慢地回頭看笹川。視野角落是陽子的遺照。陽光普照的房間，才適合她的笑容。

「關在這種陰暗的地方，永遠都等不到早上的！」

心臟劇烈地鼓動，大腦震盪。我太久沒有發出這麼大的吼叫聲，肺都痛起來了。但這股疼痛的另一頭，有著我想要傳達的堅定心意。我想要把笹川帶出來。我想要把他帶到洋溢著陽光、令人想要瞇起眼睛的璀璨之地。

「我在那戶人家前面等你。」

我丟下這話，穿過笹川旁邊，走向玄關。留在我的心胸的，只有一抹希望，以及不斷作響的鬧鐘鈴聲。我用力踩出腳步聲，走出戶外，對於如此渺小的我，太陽亦一視同仁地普照著。

站在那棟建築物附近，雙手插在口袋等待笹川的期間，我覺得時間的流速變得異常。明明幾小時前才剛離開笹川家，感覺那卻是久遠以前的往事了。

時間已是下午一點多。忽然間，我聽見車子靠近的聲響，我忍不住轉頭望去。畫著飲料廣告的卡車經過，我誇張地垮下肩膀。

果然不可能來嗎？……

冷靜想想，笹川不可能出現。

另一個方向又傳來車子靠近的聲音，我尋找聲音來源。這次是搬家公司的卡車從前面駛過。

當我總算死了心，跨步離開的時候，我的內心是覺悟與不安參半的狀態。老實說，不安更要大得多了。但即使笹川就這樣不來，我無論如何都無法滿不在乎地回去。我想起碼在我能夠做到的範圍內把那裡打掃乾淨。明天我就會被DEAD MORNING開除了吧。我隱約察覺到，這是我最後一次上工了。

也許是因為有了這樣的預感，我從自己的住處帶來了最起碼的清掃工具。水桶、贈品毛巾、洗碗精和海綿、一般的垃圾袋和橡皮手套、預防感冒的口罩等等。與平常的裝備相比，簡直不可靠到了極點，但也沒辦法。

我拚命壓抑想要逃跑的心情，從生鏽的信箱取出備份鑰匙。

再三猶豫之後，總算將鑰匙插進門把。可能和昨天一樣咬合不順，轉動了好幾次，才聽到解鎖的聲音。

在打開玄關門把前，我覺得哪裡不太對勁。我細想這種古怪的感覺來源片刻，嘆了一口氣。

啊……是香豌豆的人造花……

平常我總是冷眼看待，覺得擺那種人造花沒有意義，但實際要一個人踏進這個房間，即使是那樣渺小的人造花，也希望它在視野一隅盛開著。沒辦法，我只能在腦中想像著那熟悉的人造花，打開玄關門。

少了住戶的房間有一股獨特的氣味。停滯、不受攪拌的沉澱空氣與腐臭混合在一起，一般的口罩根本無從抵禦。

我屏著呼吸，打開通往浴室的門。脫衣間和昨天一樣，布滿漆黑的鞋印。

我瞇著眼睛，把門開了又關、關了又開，但覺得憑我一個人，不管怎麼樣都不可能把浴室清理乾淨。

「從能做的做起吧。」

為了鼓舞自己，我刻意開朗地說，關上浴室的門，前往就在旁邊的廁所。幾隻蒼蠅就像在進行最後的抵抗，在我耳邊發出惹人厭的嗡嗡聲，不知道消失到哪裡去了。

打開廁所門，裡面是老舊的蹲式馬桶。雖然是沖水式的，但整體泛黃骯髒。而且有好幾隻蒼蠅淹死在馬桶裡。

我將腦袋放空，把洗碗精倒進馬桶，用廁紙擦拭。我完全沒有想過居然會有用洗碗精刷馬桶的一天。

貼在廁所牆上的月曆，直到途中都用紅色麥克筆在日期畫上叉印。微弱的手寫叉印停在去年的十二月中旬。

對這個母親而言，活下去或許完全只是痛苦。我覺得她一定是注視著月曆，想著再活一天好了、再多活一天好了。在全被這樣的痛苦支配的生活中，她都想著什麼呢？以顫抖的手拿著紅色麥克筆，將無可救藥的日子一天天劃掉。我將月曆丟進垃圾袋裡，祈禱即使在這樣的生活中，死去的小女孩也曾經歡笑過。

將廁所大致清掃乾淨後，我走向玄關的小流理台。年歲已久的銀色水槽裡，有一支叉子和白色小盤子。

拿起來的叉子，小得幾乎可以收在掌中。叉子的柄好像本來印著卡通人物圖案，但幾乎磨損得差不多，快消失不見了。

仔細一看，叉子前端沾著乾掉的鮮奶油殘骸。客廳有蛋糕的空盒子，應該就是用這支叉子吃了蛋糕。

母親突然買蛋糕給她時，死去的小女孩有什麼反應？或許她打從心底開心，歡欣跳躍，也有可能注意到母親的眼睛深處滲透出來的悲傷。

我想起留在盒子裡的草莓蒂頭。蛋糕的鋁箔紙只有一片，所以是小女孩一個人吃了嗎？也許她把草莓分給模樣和平時不太一樣的母親。

我扭開水龍頭。吐出什麼東西般的聲音之後，摻雜著鐵鏽的褐色自來水從水龍頭流出。任由水流，流出來的水漸漸變得透明。確定水變乾淨後，我在叉子淋上洗碗精，用海綿洗乾淨。接下來就要丟掉了，或許根本沒有必要洗叉子，但即使只有短暫的期間，我想要緬懷一下死去的小女孩。

走進客廳。牆壁和昨天一樣，貼著許多圖畫紙。我沒什麼理由地決定最後再撕掉這些畫，將榻榻米上明顯是垃圾的空罐和空蛋糕盒丟進垃圾袋。

我到底在做什麼……

任意闖進住戶消失的人家，憑著一廂情願的心態，想要清除留在這裡的痕跡。連一個人進入現場的浴室都不敢，只是像這樣不停地做著簡單的清掃。

「我根本就是闖空門的嘛……」

不知不覺間，自言自語變多了，就好像要排遣不安似的。當然，我得到的回應就只有蒼蠅振翅聲，以及房間裡的吱呀聲。別再做這種一廂情願的事，拋下一切，去喝酒好了。以前的打工還不是一樣，只要一遇到不如意的事，我就會立刻辭職走人。雖然我忍不住對小楓誇口說什麼我想變成有骨頭的水母，但事實上根本沒有這種水母。只是俗諺罷了。是虛構的生物。我還是適合當一個什麼都不思考，只是在都市中漂流的普通水母。我想著這些，手漸漸地停了下來。

你真的懂笹哥的悲傷嗎？

小楓的指謫掠過腦際。人真的能明白他人的傷痛嗎？體貼的話說得再多，說到底或許也只是自以為瞭解罷了。可是……我想要瞭解笹川的傷痛。這樣的心情不是虛假的。我覺得我就是真心想要把它當成自己的傷痛，才會像這樣待在這裡。

我甩了幾下頭，注視貼在牆上的許多繪畫。不管看上多少遍，客套也稱不上畫得好，卻不知不覺間在我的心底點亮了火光。

只有衣物也好，我想要把它們丟進垃圾袋裡，抓住壁櫃的門把拉開，結果裡面有東西猛地衝了出來。

「哇！」

是一隻肥滋滋的老鼠。老鼠宛如亂竄的子彈，沿著牆邊四處奔跑，弄亂房間裡的各種物品。

「走開！」

我揮舞帶來的抹布。逃竄的老鼠停在房間角落，轉換方向，朝我直奔而來。

「哇！不要過來！」

腳底一陣噁心的觸感，或許是踩到死蒼蠅了。就在這瞬間，我突然失去平衡，跌了個四腳朝天，視野被布滿漏水汙漬的天花板占滿了。

「好痛……」

儘管聞到散發霉味的榻榻米臭味，我卻無法爬起來，嘔吐感和眩暈同時席捲上來。在沒有屍水甚至也沒有漆黑血跡的地方，我卻徹底地束手無策，這讓我對自己湧出嫌惡。心中勉強碩果僅存的燈火輕易地熄滅了。

我的覺悟太膚淺了，不管嘴上說得再好聽，只不過是一隻老鼠登場，立刻就讓它灰飛煙滅了。這樣的自我嫌惡就像冰冷的鎖鏈，緊緊地箍住了我的身體。我盯著吊在天花板上的電燈泡，不知不覺間嗚咽起來，怎麼樣都克制不了。

明明真正想哭的時候擠不出半滴眼淚。

明明在這種狀況哭泣，也只會讓自己更形悽慘。

「我果然……只是普通的水母……」

忽然間，玄關傳來開鎖的聲音。咬合似乎還是很糟，傳來鑰匙插拔好幾次的聲音。或許是房東進來了。腦袋更加混亂了。我可能會因為非法入侵遭到指責。自作主張的行動可能會被痛罵一頓。我聽著門鎖轉動的聲音，拚命想要站起來，卻難以使勁。四肢百骸全都麻木了。我無暇思考藉口，好不容易總算爬著把頭探出通往玄關的走廊。

玄關門嘰嘎作響，慢慢地打開了。冷風從半開的門縫間灌進來。

「你扯掉的遮光窗簾費用，會從你這個月的薪水扣掉。」

關門聲傳來，站在玄關的長腳看似暈了開來。我現實逃避得太嚴重，或許終於看到幻覺了。

「我住的地方採光好過頭，光線強到煩人，所以窗邊才會掛上遮光窗簾，就這樣一掛掛了好幾年。」

笹川一副隨時可以開始工作的打扮。聽到他那一如往常的淡漠語氣，從未感覺過的暖意從胸口深處滿溢而出。

「今天，早晨暌違已久地造訪了我的房間。謝謝你，淺井。」

「笹川先生……」

聽到我好不容易擠出來的聲音，笹川靜靜地點頭。那張臉上泛著我第一次看到的溫柔笑容。

「在朝陽射入的房間裡，我好像聽到了陽子的聲音。是咿咿呀呀，還不會說話的聲音。」

笹川略微地俯首，摸了幾下梳攏的頭髮。從我被淚水模糊的眼睛，也能看出他正盯著丟在玄關的小紅鞋。

「聽到那聲音的瞬間，我突然想要盡全力活在當下。」

我用工作服的袖口擦抹雙眼，就像要拂去模糊的視野。眼前的景色漸漸變得清晰。不知不覺間，後腦的疼痛消失了。

「好了，別趴在那種地方，把留在這個房間的痕跡清除乾淨吧！」

笹川以緩慢的動作把一樣東西放到玄關口。是熟悉的香豌豆人造花。看在我眼中，它比真花還要鮮豔。

全副武裝，鎮定心緒，回到房間後，只見笹川雙手舉著紅色儲水桶。

「先從浴室開始清理吧！脫衣間後面再處理。」

笹川的態度一如平常，十分淡定。但護目鏡裡的眼睛散發出緊張感。

「好的！」

聽到我振奮的回應，笹川的嘴角微微放鬆了。

打開浴室燈，提心吊擔地探頭看浴缸裡面。還是一樣，充滿了恐怖的液體。浮在表面的蒼蠅數量比昨天更多了。

「只有這個地方，我實在不覺得我一個人有辦法清理乾淨。」我說。

我望向站在旁邊的笹川的側臉。他的表情不像昨天那樣扭曲，而是以劈開黑暗般的嚴肅神情對著浴缸。

「我們的話，有技術和工具可以把這個地方清理乾淨，恢復原狀。我們是特殊清潔的專家，動手吧！」

聽到這句話，心跳開始加速，就好像要把熱量運送到冰涼的身體。我深深點頭，開始準備進行初步消毒。

用藥品噴霧器將整間浴室消毒完畢後，清出動線，然後笹川把帶來的水桶壓進浴缸裡。罩住表面的油膜破裂，更濃烈的惡臭彌漫整間浴室。水桶一眨眼就裝滿了紅褐色的汙水。

「儲水桶準備好了嗎？」

「好了。」

我將插上塑膠漏斗的儲水桶放在容易操作的位置，笹川將水桶從浴缸裡拉了出來。

「有感染的風險，雖然戴了手套，但還是不要碰到這些汙水。」

我和笹川一起將汙水倒入儲水桶中。水桶裡的汙水全部流光後，漏斗留下了幾根長頭髮。

曾經生活在這裡的母女，就溶在這些液體當中。我明確地感受到這一點，全身爬滿了雞皮疙瘩。

「淺井，一鼓作氣解決它。」

「好！」

笹川再次把水桶壓進浴缸裡。我也拿起另一只水桶，汲出汙水。水桶逐漸填滿了光線似乎完全無法穿透的可怕液體。

汲出來的屍水裝滿了四個儲水桶。浴缸底部，腐敗的黏土宛如泥濘般堆積著，其中也有頭髮和疑似指甲的物體。我重複汲出了沉重的屍水好幾次，雙臂感覺到輕微的麻痺。

「總算見底了。」

笹川使用像鏟子的工具，挖出積在浴缸底部的腐敗黏土。我將浴室裡的洗髮精和肥皂類丟進塑膠袋裡丟棄。浴室裡還有沾滿了血花的小鴨玩具。

她每天都把這個小鴨放在水上，在浴室裡玩耍嗎？

「這孩子應該從來沒有想過自己會死在浴室吧……」

「對這孩子來說，洗澡時間或許是和母親一起度過的美好時光。」

「總覺得把這玩具丟掉，那些快樂的回憶也會一起消失不見。」

笹川沒有回話。我默默地把手中的小鴨玩具丟進塑膠袋。

笹川將積在浴缸底部的腐敗黏土大致處理完後，噴上特殊消毒液，用乾抹布擦拭浴缸。原本黏滿了血液和腐敗黏土的浴缸逐漸恢復原本的顏色。

「這個浴缸不管擦得再乾淨，應該還是會換掉吧。」笹川說。

「自殺現場的浴缸，在心情上讓人很不舒服啊。那我們在做的事，豈不是沒有意義嗎？」

聽到我的問話，笹川輕輕搖頭：

「一定有意義的。那位房東婆婆，還有過世的母女，應該都不希望這裡維持悽慘的狀態。」

「或許是吧，可是……」

「半點汙垢都不留。將留下的痕跡徹底清除乾淨。這樣一來，我們以外的別人，自然會在其中找到意義。」

浴缸清除掉血液和腐敗黏土後，再用蓮蓬頭的水澆淋。流進排水孔的水已經是透明的了。

沾黏在天花板的血跡和地板瓷磚的汙垢，費了好一番工夫清除。擦拭天花板血跡的時候，必須爬上梯子，一邊保持平衡一邊處理。

「淺井，幫我拿那瓶清潔劑。」

「好！」

我和笹川的臉頰不停地淌下汗水，就好像經歷了一段長跑。不知是否心理作用，感覺我們的熱氣讓室溫上升了。

「就快大功告成了。」

「感覺明天會全身肌肉痠痛，可是不能鬆懈呢。」

數小時前還存在於這裡、令人不忍卒睹的悲慘情景幾乎已不復見。這裡逐漸呈現出一間格局老舊的浴室景象。

「我在進行特殊清潔的時候，從來沒有掉過眼淚。」

笹川喃喃道，手上仍忙個不停。他的聲音在無窗的浴室裡微微地迴盪著。

「從開始做特殊清潔的時候開始嗎？」

「對。這沒有什麼值得炫耀的，也不是刻意忍耐，只是單純地不會掉眼淚。不管去到什麼樣的現場都一樣。」

我不知道該如何回應，繼續用海綿擦洗眼前的血跡。浴室裡逐漸充斥著我們的汗臭。一小段沉默之後，笹川又繼續說下去：

「今天在過來這裡的途中，我想到一件事。」

「什麼事？」

「如果我能克服今天的現場，就跟你一起去花瓶。」

我停下動個不停的手，誇張地轉動了一下肩膀：

「我請客，就當作賠償遮光窗簾的費用好嗎？」

聽到我的回應，笹川進入這間浴室以後第一次笑了。

清理完浴室和脫衣間的時候，我忍不住癱坐在地上。屁股感覺到地板堅硬的觸感，然而我絲毫不感到不舒服，我覺得這顯現出這份工作的意義。

重新端詳浴室。雖然已經老朽了，但仍相當堅固，感覺還禁得起往後繼續使用。也許是因為親手清理的緣故，對它有種莫名的喜愛。

「很累人呢。」

「嗯，可是變乾淨了。」

離開浴室後，更換橡皮手套和防毒面具，做好臨戰準備。接下來只剩下清理房間的遺物，並清潔汙垢而已。

我和笹川一起進入起居間。牆上還是一樣貼著許多圖畫紙。

「這孩子幾歲呢？」笹川說。

「從圖畫來看，好像還沒有上小學。」

「雖然客套也稱不上畫得好，不過完全可以感受到她喜歡畫畫呢。」

再過幾個小時，這些圖畫也都會被放進塑膠袋裡。住在這個房間的母女生活過的痕跡將消失得一乾二淨。

「還是乾脆別清了？房東婆婆好像對這對母女有某些感情。」

我這是玩笑話，語氣卻比預期中的更要迫切。笹川沉默著，望著牆上的圖畫。

那雙眼睛清澈透明，吸收著房間裡飄蕩的光線。

「那樣的話，就沒有人可以跟她們說再見了。我們清除她們留下的痕跡，在幾天之間、至少幾小時之間，記住她們吧。記住曾經存在於這裡的她們的生活。」

笹川慢慢地將房間角落的一塊積木放進塑膠袋裡。這是看似尋常普通，卻獨一無二的生活痕跡逐漸消失的信號。我也默默地把手伸向貼在牆上的畫。上面畫著在太陽底下騎三輪車的小女孩自己。旁邊還畫了個像母親的人，臉上笑咪咪的。

聽見熟悉的卡車引擎聲時，房間裡已經堆滿了塞得圓滾滾的塑膠袋。原本貼著圖畫的牆壁，留下了四四方方變色的痕跡。

卡車引擎聲在附近停下，一會兒後，敲門聲響起。

「都是你害的啦，都睡眠不足了。」

冒出黑眼圈的小楓怒目而視地說。

「今天早上謝謝妳陪我……」

「那，你們和好了？」

「算是吧。」

「多虧了我那兩巴掌呢。」

小楓走進屋內，大聲說：

「笹哥，今天是浴室嗎？」

「對，母女在浴缸裡自殺。」

「這樣啊，太可憐了。我馬上搬出去。」

小楓毫不遲疑地將裝滿屍水的儲水桶提了出去。我也除下身上的裝備，拎起四袋裝得滿滿的塑膠袋。

走出戶外，頭頂是一片通透的藍天。我雙手提著塑膠袋，望著充斥了整個視野的那片藍色。

「喂，不要摸魚！」

折回來的小楓鞭策道，但我還是無法從頭頂的廣闊藍天移開目光。視野邊緣是暈開的光的輪廓，清澈的空氣讓鼻腔溼了起來。

「好美的藍天。」

「你突然發作什麼啊？還有一堆遺物要搬欸。」

「欸，讓我耍個帥好嗎？」

小楓好像在我面前停下腳步。我感覺到她的動作，視線從仰望的藍天移開來。

「我啊，不知不覺間就像隨波逐流一樣，只是渾渾噩噩地漂浮著。然後一直避免認真地和別人打交道。」

從頭頂傾注的陽光，穿過樹梢在地面撒下碎光。每當風一吹，這些光影便緩慢地搖晃著。

「可是，往後不管是悲傷還是無聊的事都沒關係，我想要用我自己的聲音說出來。看著對方的眼睛、感受著對方的呼吸，面對面說出來。」

我一直依賴著那台電子辭典。應該有許多話，我都不敢透過自己的嘴巴說出來。以前的我害怕真心面對別人，但我要捨棄這樣的自己。我覺得只要這麼做，就能將我渺小的生活轉變成值得珍惜的每一天。

「你在瘋言瘋語些什麼啊？別囉唆了，快點搬東西啦。」

小楓戳我的肩膀，快步走掉了。確實，提著塑膠袋的手開始痲痺了。但即使沉重，也不能把遺物放在地上。

「欸。」

後方傳來小楓叫我的聲音。

「你剛才說的……」

耳邊傳來小楓笑的氣息。她雙手的溫暖在我冰冷的臉頰擴散開來。

「藍天真的很漂亮。」

我的視野再次被那片藍天所充滿。因為小楓從後面硬是把我的臉往上扳。

「喂，妳突然幹嘛啦？」

「我也覺得今天的天空超級漂亮的。」

小楓丟下這話，就往現場跑去了。我再次仰望頭頂。藍天我應該已經看過不知道多少回了，但我覺得今天的藍天，即使是在久遠以後的將來，也一定能夠回想起來。

把最後剩下的三輪車搬出來時，小楓已經坐上卡車駕駛座，發動引擎了。

「欸，這是最後一樣了吧？」

「對。小楓也辛苦了。」

掌心還留有三輪車的觸感。不知為何，我希望能永遠記住這個觸感。

「對了，你找到新品種的水母了嗎？」

小楓繫上安全帶，若無其事地問。今早被小楓毫不留情地摑打的痛楚又重回臉頰。

「……大概。」

一聲哼笑之後，卡車發出一下喇叭聲，揚長而去。

回到房間，笹川正在噴灑清潔劑，用抹布擦拭牆壁。我也戴上橡皮手套，幫忙工作。

「已經很乾淨了呢。」

笹川停下手來，環顧室內說。空蕩蕩的房間雖然清除了汙垢，但反而讓牆壁的損傷和褪色變得醒目。榻榻米也有多處變色、磨出倒刺來。這些在在描繪出原本住在這裡的住戶日積月累的歲月痕跡。

「我一直以為只要進行特殊清潔，就可以徹底清除某人留下的痕跡，可是並不是這樣呢。」我說。

「事實上，住在這裡的母女留下的痕跡已經消失了啊。」

風從開放的窗戶靜靜地吹入。空無一物的房間裡，肌膚能夠直接感受到風的觸感。

「留下的痕跡可以清除。但人生活過的歲月，是無法抹去的。」我說。

笹川沒有回應。我噴灑著最後收尾的消毒液，在房間各個角落檢查有無汙染的部分。就算現在叫我舔這個房間的地板，我也敢舔。今天的工作，我就是有自信做得如此完美。

不經意地望向笹川，他從剛才開始，就不停地反覆擦拭變色成圖畫紙形狀的牆壁。

「那邊已經可以了吧？」

傍晚的氣息從窗外侵入進來。必須在天黑前請房東來驗收。

「笹川先生，你在聽嗎？」

「我在當急救員的時候，是一天二十四小時待命。如果晚上收到急救呼叫，連小睡一下都沒辦法。」

背對著我娓娓道來的笹川，聲音非常細微、顫抖。我聽見水滴在榻榻米上的聲音。

「回到家的時候，都已經是隔天早上了，累得不成人形。歸途的朝陽照得人心煩意亂……可是回到家，一看到陽子的臉，她總是對我露出再可愛不過的笑容，就好像在對我說：爸爸，早安，今天又是個美好的早晨。」

笹川停止擦牆壁，當場頹坐下去。背部猛烈地顫抖著，一次又一次用頭撞擊前方的牆壁。

「我都忘了那樣的早晨。一直以來都忘了……」

笹川失去了平時的冷靜。嗚咽聲愈來愈大，幾乎蓋過淚水落下的聲音。

「笹川先生……」

笹川徹底裸露感情，放聲痛哭，讓人無法想像他說他從來不曾在現場哭泣過。我自然而然地走向他的背影。不知不覺間，我從他的手中接過了抹布。

「榻榻米會溼掉的。」

用抹布擦拭榻榻米，淚水的痕跡很快就被抹去了。擦拭期間，我拚命忍住不讓淚水掉下來。

「我來。」

我把手中的抹布再次交給笹川，默默地注視著自己的淚水痕跡消失的過程。

房東百感交集地看著空掉的房間，好半晌之間不發一語。她最後看了母女過世的浴室，發出深深的嘆息：

「變回原本的浴室了。」

笹川問房東：

「這樣的成果可以嗎？」

「當然，不過這個房間應該不會有人住了，我會讓它維持這個樣子。」

房東從口袋掏出三顆糖果，靜靜地放在浴室的瓷磚地上。

「這個房間應該沒辦法再租出去了。那孩子和她母親，是最後的住戶。」

「這樣啊。不打算重新翻修嗎？」

「這房子已經五十年屋齡了，就跟我一樣，到處都開始出毛病了。接下來就只等時間到了，把它拆除。最後把它清理得這麼乾淨，真的很謝謝你們。」

房東在笹川的文件上簽名後，深深一鞠躬離開了。

我在最後收下備份鑰匙。將鑰匙插進鎖孔，依舊咬合不順，就好像拒絕上鎖似的。

「再見。」

我喃喃道，再次轉動鑰匙。這次傳來順利嵌上的聲響，即使轉動門把，也打不開了。

將所有的工具搬上小卡車時，太陽完全西沉，四下被黑暗籠罩。

「辛苦了。新年過得太懶散的身體很誠實，不過心情滿不賴的。」我說。

「我也累壞了，但感覺很不錯。」

笹川伸了個懶腰，準備坐上駕駛座。

「今天我來開。笹川先生看起來很累。」

「你開過小卡車嗎？」

「開過幾次。以前我在故鄉都開這種小卡車趴趴走。」

「真的嗎？那就交給你了。」

笹川坐上副駕駛座，交抱起手臂，立刻閉上眼皮。

我握住方向盤，踩下油門。引擎發出咆哮般的吼聲，我駕駛的小卡車緩慢地往前駛去。車子裡播放著音量稍微轉小的〈藍色星期一〉。自己開車後我第一次發現，〈藍色星期一〉的節奏，與都市朦朧的燈光是天作之合。

「我會開始做這一行，是因為想要理解死亡。」

我用眼角餘光確定笹川的表情，他的眼皮依然閉著。

「理解死亡？……」

「沒錯。做上一份工作時，我滿腦子只想著要救人。但因為陽子離開了，我為了想要更深地理解死亡，不眠不休地到處跑現場。」

笹川慢慢地睜開眼睛，語氣沉靜地繼續說下去。

「可是呢，我終歸還是不明白。我唯一發現到的，就只有沒有完全相同的死亡。迎接死亡的狀況不同，家屬的反應也完全不同。有的家屬悲傷流淚，也有的家屬露骨地開心。我也看過許多眼裡只有值錢遺物的家屬。」

「這一點我也感受到了。」

「你覺得為什麼沒有一樣的死亡？」

聽到笹川這個問題，我的喉嚨反射性地震動起來：

「我想是因為沒有完全相同的人生。不管是什麼樣的人生，都有各自的苦惱、孤獨、悲傷和幸福。」

「我也這麼認為。說到底，死亡只是一個『點』。相反地，誕生在這個世上的瞬間也只是『點』，重要的是連接那『點』與『點』之間的『線』。也就是說，每一個活在當下的瞬間的積累，才是最重要的。不過，我為了想要從陽子的死找到某些意義，一直一個人凝視著那小小的『點』。」

「……那麼，今天讓你有什麼改變嗎？」

「嗯。我覺得總算從一直注視著的那個『點』被解放了。」

笹川慢慢地點燃香菸。

「而且，因為你扯掉遮光窗簾，今天讓我有了個舒爽的早晨。」

「真的很抱歉。」

「開玩笑的啦。」

剛好眼前的號誌變成紅燈，我慢慢地踩下煞車。

「今天去花瓶的話，我可以說說我跟阿嬤之間的回憶嗎？」

「說個痛快吧。到明天還有很多時間。」

笹川稍微打開車窗，風靜靜地吹了進來。

「只有我一個人說，感覺有點心虛，一點點就好了，也告訴我一些關於陽子的事吧。」

車頭燈照亮被夜黑籠罩的街道，就像在尋找什麼。射入車窗的街道燈光，照出了輕輕點頭的笹川身影。

# 尾聲

『櫻花季節是殘酷的，到處充斥著GOODBYE。』[3]

最後讀出的句子，是我從窗邊眺望戶外景色時浮現的。聽完這句話後，我將螢幕龜裂的電子辭典收進抽屜深處。

走出戶外，柔和的陽光令人一陣眩目。柏油路面貼附著被踩爛的櫻花花瓣，路邊的排水溝也積滿了大量散落的花瓣，開始褪成褐色。

看看時間，感覺快趕不上與笹川約好的時間了。我背部承受著引人欲睡的陽光，快步趕往DEAD MORNING。

住商大樓前停著已經有了深厚感情的小卡車。平常貨斗都鋪上綠色塑膠布，裡面堆滿了清掃工具，但今天不一樣，裡面放著滾輪辦公椅和白板。

我快步衝上事務所所在的二樓。馬上就看見熟悉的門了。唯一不同的是，寫著「DEAD MORNING」的膠帶不見了。

「已經撕掉啦？」

我用指頭摸了摸原本貼著膠帶的位置。感覺到一點黏黏的殘膠。搬家前再用清水擦過一遍比較好。

「辛苦了。」

3.春天是日本的畢業季、開學季、新年度等等的季節，故有此說法。

進入室內，打包工作比想像中的更有進度。玄關堆著幾個紙箱。

頭上包著毛巾、嘴裡叼著菸的笹川走出來說。

「淺井，早。」

「已經開始了嗎？」

「嗯。今天醒得比較早，所以一個人搬得動的東西，我稍微先搬上車了。」

「笹川先生真是急性子。這棟大樓沒有電梯，一定很難搬吧？」

「還好，我只搬了輕的東西，但打包的時候，把罐裝咖啡潑到褲子上了。」

笹川怨恨地看著身上的橄欖綠工作褲。我也跟著望過去，發現大腿處有幾點褐色汙漬。笹川身上的丹寧布襯衫和袖口也沾到了一點。

「笹川先生，衣服袖子也沾到咖啡囉。」

「咦？真的嗎？」

我心中暗想：如果像以前那樣穿著喪服生活，就算沾到這麼點咖啡漬，應該也不會發現吧。

清掃那處母親帶著女兒輕生的現場後，過了幾天，笹川的服裝漸漸出現變化了。首先，正字標記的黑色領帶變成了條紋領帶，喪服底下的白襯衫變成了藍襯衫。如此微妙的變化持續了幾天，但我完全沒有提起。不過有一天，笹川穿著平常的黑西裝外套配上牛仔褲來上班時，我實在是忍不住笑了。

「笹川先生，那樣搭配有點怪欸。」

我不曉得是不是這句話起了效果，不知不覺間，笹川不再穿喪服了。現在他都以易於活動的休閒打扮來DEAD MORNING上班。

我抽完一支菸後，開始進行剩餘的打包工作。

「今天望月小姐直接去新的事務所那邊嗎？」

「對。她說要和小楓準備喬遷慶祝會。」

「小楓也要來啊？」

「小悅也說會送點吃的過來。」

雖然都是同一群面孔，但她們確實是最想要為新事務所的起步慶祝的人。我加緊打包速度。

將所有的東西搬上小卡車後，襯衫腋下都滲出汗漬來了。我感受著溼衣的觸感，解開原本扣起的襯衫鈕釦。正好一陣暖風吹來，讓滲出皮膚的汗水蒸發了。

「這些就是全部了吧？」我說。

「嗯。一開始動手，兩三下就搬完了呢。」

幾片櫻花花瓣飄落到貨斗的物品上。它們是乘風吹到這裡來的嗎？或許比起積在排水溝的角落日漸乾枯要好上一些。

我和笹川為事務所內部做最後的檢查。日照果然很差，明明外頭陽光耀眼成這樣，室內如果不開燈，就暗得宛如黑夜。

「這裡真的好暗喔。」我說。

「嗯。租下這裡的時候，我就喜歡這種陰暗。」

「會想要租下這種陰暗的地方的，就只有蝙蝠和貓頭鷹了吧？」

關掉配電箱的總開關後，總覺得房間裡的時間停止了。在邂逅新的房客前，這裡將一直維持沉默吧。

新的事務所很近，就在小卡車五分鐘車程的地方。笹川說只是剛好在附近發現不錯的物件，但我私下認為一定是如果搬得太遠，就不方便去花瓶光顧了。

「完全入春了呢。打個哈欠，夏天馬上就到了。」笹川說道。

小卡車的引擎發出低吼聲，就像在應和。

「夏天還久得很呢。」我說。

「會嗎？淺井，你還沒有經歷過夏天的現場吧？會讓人瘦上五公斤，你最好要有心理準備。」

「放馬過來吧，我是不會臨陣脫逃的。」

「我全靠你了。變成正職員工以後，你好像整個人改頭換面了似的。」

迎接四月的生日後，我從打工變成了正職。坦白說，我還沒有真實感。

「可是我不太喜歡夏天耶。」

「喂，你上一秒那充滿覺悟的宣言是說好玩的嗎？」

「有嗎？春天有我的生日，真希望春天永遠持續下去。啊，可是春天充滿了

GOODBYE呢。」

「什麼？」

「櫻花季節不是很殘酷嗎？放眼望去，到處都充斥著再見。」

笹川褲子上的咖啡漬已經完全乾了。要完全清掉可能很困難。我們應該一路清除掉許多宛如黑影的汙漬，卻無法清掉這樣一點小咖啡漬，想到這裡，實在很不可思議。

「既然充斥著GOODBYE，只要尋找新的HELLO就行了啊！」笹川說。

「新的HELLO嗎？」

「嗯。新的邂逅，應該就和離別一樣多。」

小卡車朝新的場所直奔而去。我望著窗外流過的春季景色，打了個小哈欠。

新的事務所面對大馬路，是二樓建築物的一樓，正面有兩道大玻璃窗。從窗外就可以看見室內愉快歡笑的三個人。小楓和望月小姐搬運大盤子，悅子小姐雙手捧著插有香豌豆的花瓶。清透的窗戶持續映照出如此歡快的氣氛。

「窗戶很大，很不錯呢。」我說。

因為停車場的關係，我和笹川從馬路對面看著新的事務所。從我們的位置也可以看出，大窗將幾乎滿溢而出的陽光送入了室內。

「很棒吧？這就是我決定租下這裡的關鍵。應該可以迎接滿滿的朝陽。」

「這麼說來，蜂蜜蛋糕還會來嗎？」

「我有告訴牠新的事務所在哪裡，牠一定會來的。」

「牠的話，感覺會滿不在乎地忽然跑來露臉呢。」

片刻之間，我和笹川一直望著新的事務所。

「咦？招牌是不是有點歪歪的？」我指出。

「不會吧？哪裡？」

「總覺得整個歪歪的。從這裡看去，好像是斜的。」

「沒有吧？我看起來是正的啊？」

笹川變換位置，開始打量事務所。他甚至跪在地面觀察事務所時，我忍不住笑了出來。

「淺井，你留在這裡，告訴我哪裡歪了。」

笹川留下這話，穿過附近的斑馬線，快步走向事務所。只剩下一個人的我，注視著威風堂堂地設在窗上的招牌。不是像以前那樣，用膠帶貼在門上充數的招牌。一眼就可以看見的大招牌，彷彿散發出從這裡也能聞到的油漆香味。

「GOOD MORNING特殊清潔專門公司。」

注意到的時候，我唸出了新的公司名。笹川歷經了多少個漫漫長夜，才將原來的名稱換成了這個只差了一個音的新名字？

「喂，淺井！」

笹川指著招牌，想要告訴我什麼。從這個位置看去，笹川看起來笑得好開心。

不知不覺間，室內的三人也走了出來，一樣抬頭看招牌。

「是我看錯了！招牌超棒的！」

我朝著笹川用雙手比了個大大的圈。投射在柏油路上的我的影子也同樣比了個圈。幾枚被風吹來的櫻花花瓣飄過其上。

我看見小小的橘色動物從馬路對面跑了過來。

## 主要參考文獻

● 高江洲 敦『事件現場清掃人が行く』（幻冬舎アウトロー文庫、二〇一二年）
● 特掃隊長『特殊清掃　死体と向き合った男の20年の記録』（ディスカバー携書、二〇一四年）
● おがたちえ『葬儀屋と納棺師と特殊清掃員が語る不謹慎な話』（竹書房、二〇一六年）

國家圖書館出版品預行編目資料

人生清除公司 / 前川譽著 ; 王華懋譯. -- 初版. -- 臺北市 : 皇冠, 2020.6 面 ; 公分. -- (皇冠叢書 ; 第4848種)(大賞 ; 119)
譯自 : 跡を消す 特殊清掃專門会社デッドモーニング

ISBN 978-957-33-3540-5 (平裝)

861.57 109005677

皇冠叢書第4848種
大賞 | 119
人生清除公司
跡を消す 特殊清掃専門会社デッドモーニング

ATO WO KESU


作　　者—前川譽
譯　　者—王華懋
發 行 人—平雲
出版發行—皇冠文化出版有限公司
台北市敦化北路120巷50號
電話◎02-27168888
郵撥帳號◎15261516號
皇冠出版社(香港)有限公司
香港上環文咸東街50號寶恒商業中心
23樓2301-3室
電話◎2529-1778　傳真◎2527-0904
總 編 輯—許婷婷
責任編輯—蔡維鋼
美術設計—王瓊瑤
著作完成日期—2018年
初版一刷日期—2020年6月
初版二刷日期—2020年8月
法律顧問—王惠光律師

讀者服務傳真專線◎02-27150507
電腦編號◎506119
ISBN◎978-957-33-3540-5
Printed in Taiwan
本書定價◎新台幣380元/港幣127元